착륙할 때 박수를

문학동네

아메리칸항공 587기에서 돌아가신 분들을 기리며

호박은 칼로 잘라 봐야
비로소 그 속을 알 수 있다.

도미니카 속담

◦ 일러두기 ◦

이 책에서 '도미니카'는 '도미니카공화국'을 의미한다.

카미노, 소수아[*]에서

나는 진흙이라면 너무나 잘 안다.

따로 인도가 없는 길에 물이 차오르면
집 안 타일 바닥까지 넘쳐 들어온다는 걸 안다.
진흙에 대해 알아 간다는 건 살아가는 법을 배운다는 것.

나는 진흙이라면 너무나 잘 안다.

진흙발로 들어가면 이모가 행주로 쳐 가며 얼마나 잔소리해 댈지,
허리케인이 닥치는 계절에는 어째서 침대를 높은 데 두어야 하는지를 안다.
오토바이가 진창을 지날 때면 사방으로 흙물이 튄다는 것도.

진흙이 마르면
대책 없이 딱 들러붙어 버린다는 걸 안다.
신발에도, 벽에도, 강아지 비라 라타에게도, 물론 맨발에도.

한때 나와 함께 학교에 다녔지만 지금은 일을 하는 여자애들의
구두 굽을 집요하게 빨아들이는

어디로도 통하지 않는 길을 따라
누글누글 퍼져 나가는

진흙은 제멋대로다. 모조리 뒤덮으려 한다.
신발도 교복 치마도 감싸 안는다.
나를 미끄러뜨려 무릎에 키스 자국을 남긴다.

* 도미니카의 해안 도시.

이모가 늘 하는 말,
"카미노, 진흙 묻지 않게 조심해."
이모 눈에는 안 보이는 걸까?
우리가 사는 이곳이 진작 내게 남겨 놓은 자국이.

밤이면 나는 발바닥을 깨끗하게 닦아 내고
흙 묻은 헝겊을 양동이에 담가 여기저기 튄 진흙 자국을 닦아 낸다.
이곳에서 나고 자랐다는 건 진흙으로 만들어졌다는 뜻.

이 나라의 손톱 아래에는 흙이 꼈다고들 한다.
잔뜩 쌓이는 흙, 휘몰아치는 물, 휘청거리는 제3세계—

내 고향을 사랑하지만, 이곳은 커다란 구멍일지도.
발을 내디디면 걷잡을 수 없이 빨려 들어가는 늪 같은
이것저것 잔뜩 집어삼키려 크게 벌린 입 같은

나는 간절히 원한다.
단단한 땅을.

여기가 아닌 어딘가에 있을
단단한 땅을.

♦

새벽 다섯 시에 일어나 나갈 채비를 한다.
이웃 중엔 암에 걸린 아주머니가 있다.

작고 단단한 혹 덩어리가 아주머니의 배 속에서 자라나고 있고
솔라나 이모가 그 아주머니를 돌봐 주는 덴 내 도움이 필요하다.

걸음마를 뗄 무렵부터 나는 이모를 졸졸 따라다녔다.
엄마가 살아 있을 때도 그랬다.

이모와 나는 서로 편하게 지낸다.
나는 이모가 정한 규칙에 토 달지 않고
이모는 불필요한 규칙을 내세우지 않는다.

조용한 아침
이모는 손바닥만 한 빵 하나를 내게 건네고
나는 커피 내릴 물을 끓인다.

마테오 아저씨네 수탉이 울 때쯤
우리는 문단속을 한다.
이모의 가방에는 마체테*가 들어 있다.

동트는 하늘이 분홍빛으로 물들어 간다.
문밖에선 비라 라타가 기다리고 있다.

비라 라타는 말하자면 온 동네가 함께 키우는 녀석으로,
따로 품종이 없고 떠돌이라고들 하는 개다.

* 날이 넓고 무거운 칼.

강아지 때부터 우리 집 문밖에서 잤다.
온전히 나만의 개는 아니지만
비라 라타가 나를 자기 사람이라고 여기는 것은 안다.

나는 비라 라타에게 빵 끄트머리를 던져 주고
녀석은 종종걸음으로 곁에서 따라온다.
셋이서 이웃 아주머니에게 간다.

그 집 문에는 자물쇠가 없지만
이모는 노크를 한다.
씻지 못한 아주머니의 몸에서 지독한 냄새가 나지만
나는 눈살을 찌푸리거나 입을 앙다물지 않는다.

고개 숙여 인사하는 이모 곁에서
내가 웅얼거리며 인사하면 아주머니는 수선을 떨며 맞아 준다.
통증 때문에 말하는 것조차 힘들어하면서도.

아주머니는 혼자 살아서 어떻게 지냈는지를 물어볼 사람은 없다.
나는 손을 뻗어 아주머니의 이마를 문지른다.
열은 없다, 다행스럽게도.
내가 쓰다듬는 동안 아주머니는 깊은 숨을 내쉬며 점차 편안해진다.

이모가 건네준 물병을 아주머니 입에 갖다 대면
가까스로 입술을 움직여 물을 받아 마신다.
한때는 참으로 아름다운 여성이었다고 한다.

나는 담요를 들춰 본다.
지난번에 왔을 때 이모가 아주머니에게 둘러 준 담요다.
아주머니의 배를 살짝 눌러 본다.
딱딱하다.

이모는 향을 피운다. 작은 집 구석구석에.
아주머니는 꿈쩍하지 않는다.
이럴 때

우리가 더는 할 수 있는 일이 없다고
그 폐로 여태 숨 쉬는 게 기적이라고
말하기란 쉽다.

그러나 나는 일찍이 배운 게 있었다.
죽어 가는 사람에 대해 말할 때

그 사람이 이미 죽은 것처럼 말해서는 안 된다고
악령을 방으로 끌어들여서는 안 된다고
다른 사람의 존엄성에 먹칠을 해서는 안 된다고

여전히 살아 있는데
게다가 바로 눈앞에 있는데
혹시 모를 기적이 일어날 수도 있는데

내뱉은 말이 혹시 모를 가능성을 그르쳐서는 안 되었다.

나는 가망 없다는 말을 하지 않는다.
대신, 아주머니 머리를 귀 뒤로 빗어 넘겨 주고
양손을 아주머니 배에 얹고
이모와 함께 기도문을 외며 속으로 빌었다.

이 방을 나서는 우리를 따라오는 존재가
죽음이 아닌,
비라 라타뿐이기를.

♦

내가 유일무이하게 사랑하는 사람
언제가 저렇게 되고 싶다고 생각하는 사람

치솟은 눈썹을 지녔고 양손엔 굳은살이 박인 이모

그 긴 입술은
미소 짓는 법과 농담하는 법을 잊은 적이 단 한 번도 없다.
그토록 수많은 질병과 상처, 죽음을 겪었으면서도.

이모를 보며 나 역시 죽음을 보았다.
아픔과 치유의 과정을,
삶을 보았다.

이모 이마에 맺힌 땀방울의 의미를
읽어 낼 수 있게 되었다.

그러니
의사가 되고 싶다고 말하는 것이
어떤 의미인지 나는 정확하게 안다.

누군가를 치료하는 것은 내게 아주 자연스러운 일이고
모두가 알고 있듯 제대로 된 의대는 대부분 미국에 있기에

나는 가고 싶다.
이모의 삶에서 배운 것들을 내 안에 지닌 채로
다른 이들을 도울 수 있는 곳으로.

달걀이 얼마나 남았는지, 남은 고기로 얼마나 버틸지,
아빠가 돈을 언제 보낼지를
헤아리며 보내야 했던 날이 많았다.

계속 이런 식으로 살고 싶진 않다.

해내고야 말 테다.
해내고야 말 테다.
우리 둘의 더 나은 삶을 위해서라도, 꼭.

조금 알 것 같다.

인생을 뒤흔드는 소식은
예정보다 이르게 찾아오는 산통처럼

불시에
감정적으로 대비할 틈도 없이 멍하니 있던 사람에게
그리고 대개는 잘못된 곳으로

들이닥치기 마련이라는 걸.

♦

수학 시험을 빼먹었다.
아빠는 도착하는 대로 택시를 타고 오겠지만
공항으로 마중 나가고 싶어서 마지막 두 시간을 땡땡이쳤다.

아빠가 알면 화를 내겠지만 나는 그다지 신경 쓰지 않는다.
내일 시험에서 따라잡으면 되지.
아빠가 오는 날은 내게 국경일이나 다름없다.

(아빠는 내가 수업을 빼먹을 때면
자기가 얼마나 비싼 학비를 내는지 강조하곤 하는데
그렇게까지 유난 떨 일은 아니다. 어쨌든 나는 늘 우등상을 타니까.)

아빠는 내심 기뻐할 거다.
사랑받는 기분을 좋아하는 아빠다.
누구보다 사랑하는 딸이 공항에서 피켓을 들고 기다리고 있다면
그보다 더한 환영식은 없을 것이다.

아빠가 왔다 간 지 아홉 달이나 되었다.
매년 6월의 첫 주말에 아빠가 오는 게 우리 사이 전통이니까.

지난 며칠간 이모와 나는 온종일 요리만 한 기분이다.
염소 고기를 굽고 찌고
산코초*를 한 솥 가득 저었다.
오늘 저녁 식탁은 아빠가 좋아하는 음식들로 가득 채워질 것이다.

* 고기와 여러 채소를 넣고 푹 끓인 수프.

공항까지는 마테오 아저씨한테 태워 달라고 부탁했다.
아저씨는 공항 근처 시내에서 일한다.
아저씨가 툴툴거렸지만 그건 무뚝뚝한 성미와 습관 탓이라는 것을 알고 있다.
매일같이 꼬끼오 하고 크게 울어 대는 아저씨네 수탉처럼.

아저씨는 내가 감사하다며 뺨에 뽀뽀할 때조차 툴툴거렸다.
차를 몰고 갈 때 슬며시 웃는 게 보였지만.

공항에 들어서기 전
교복 치맛단을 잡아 내렸다.
아빠가 보면 치마가 너무 짧다며 한 소리 할 게 뻔하다.

이착륙 정보가 나오는 스크린을 살폈다.
아빠가 타고 온 항공편 칸은 비어 있다.

그리고
커다란 스크린 주위로
사람들이 몰려들기 시작했다.

♦

(이모는 자주 말하곤 했다.
나쁜 일이 닥쳐오려 하면 성자들이 경고해 준다고.

목 뒤의 털을 곤두세운다든지
등골을 오싹하게 훑는 느낌 같은 것으로
얘야, 마음을 다잡고 또 다잡고 다잡으렴,
알려 줄 거랬다.

어쩌면
잘 참아 내며
온 힘을 다해 빌면

성자들이 운명을 바꿔 줄 것이라고 했다.
우리를 기특하게 여겨서 말이다.

마테오 아저씨 차의 에어컨이 고장 나서
땀을 식히려 셔츠를 펄럭거릴 때 느닷없이,

정적이 들이닥친 순간이 있었다.

갑작스러운 한기가 온몸을 훑고 지나갔다.
손이 덜덜 떨렸고
발이, 움직이지 않았다.)

◆

공항 관계자가 보안요원 둘을 이끌고
몰려든 사람들 쪽으로 다가온다.

발길질에 익숙해진
떠돌이 고양이 같은 모양새다.

그가 **사고**라는 말을 내뱉은 순간

리놀륨 바닥이 쩍 갈라진다.
분노로 가득 찬 입을 벌려 날카로운 이빨을 드러낸 진실
끝이 보이지 않는 그 창자 속으로

나는 삼켜지고 말았다.

♦

내가 태어난 날
아빠는 이곳에 없었다.
엄마는 솔라나 이모의 손을 붙들고서
나에게 세상의 빛을 주었다.

'세상의 빛을 주다.'
이 말이 항상 좋았다.

엄마가 자신의 태양에게 선사한 선물,
그게 나였다.

엄마는 아빠 주변을 맴돌았다.
평소에는 멀리 떨어져 돌던 위성이
1년에 단 한 번, 태양을 가릴 만큼 가까워졌다.

하지만 내가 태어난 그해
뉴욕에 있던 아빠는 바빴고
소수아에 오지 못하는 대신 돈과 이름을 보냈다.
카미노라는 이름.

이모가 말하길
16년 전 내가 태어난 그날은
빛이 가득한 날이었다고 했다.

화창했던 7월의 그날은
아빠와 함께하지 못한 유일한 생일이기도 했다.

그런데 어쩌면 올해도 아빠는 함께하지 못할 것 같다.

공항에서 기다리던 사람들이
울부짖으며 통곡하고 있다.

추락
추락했다는
비행기가 추락했다는 말이 들렸다.

♦

아빠의 변명을 참아 내기보다는
아빠의 애정에 귀 기울이는 편이 나았다.
아빠가 없는 그늘 속에서 크기보다는
이곳에 아빠가 있을 때 그 품에서 빛나는 편이 더 쉬웠다.

아빠는 매년 내 생일에 뭘 원하는지 물었다.
엄마가 돌아가시고부터 내 대답은 늘 하나였다.
"아빠랑 사는 것. 미국에서요."

아빠한테 뉴욕 이야기를 너무나 자주 들은 나머지
누가 보면 고층 빌딩이 즐비한 그 도시에서 태어난 줄 알 정도다.
때로는 나조차
아빠의 당구장, 삼촌의 해산물 식당, 양키 스타디움에서의 추억이
꼬맹이 시절 아빠 무릎에 앉아 들은 이야기가 아니라
내가 그곳에서 자라며 겪은 일인 것만 같았다.

올가을이면 국제학교에서 최고 학년이 된다.
내 계획은 언제나
뉴욕에 있는 컬럼비아대학에 가는 것이었다.

아빠가 고향이라 부르는 도시 심장부에 있는
그 일류 대학의 의대에 진학하고 싶다는 내 꿈을
작년에 아빠에게 말했더니

아빠는 웃었다.

의사는 여기서도 될 수 있다고 했다.
차라리 콜롬비아에 가 보는 건 어떠냐고도 했다.
아빠가 또 학비를 대게 하기보다는 말이다.

하나도 웃기지 않았다.
아빠는 깨달아야 했다.
아빠의 그 웃음이
내 희망을 슬픔의 조각들로 갈가리 찢어 버렸다는 것을.

아빠는 사과하지 않았다.

♦

착오리라. 그렇겠지.
비행기는 추락하지 않았다.
아빠가 탄 비행기는 떨어지지 않았다.

설령 비행기가 정말로 떨어졌다고 해도
아빠는 그 비행기에 탔을 리 없다.

아빠는 알고 있었을 테지.
금속 껍데기의 불길한 기운을.
이모의 성자들이 아빠에게 미리 경고해 줬으리라.

영화에서 흔히 그러듯
택시가 길을 잘못 든다든지
이유는 몰라도 알람이 제시간에 울리지 않아서

허둥지둥 서둘러 공항에 도착한 아빠는 알게 되었겠지.
목숨을 구했다는 것을. 살았다는 것을.

6킬로미터 거리를 걸어 집으로 돌아가는 내내 생각했다.
바닥만 노려보며, 남자들의 희롱을 무시하며.
물론 마테오 아저씨는 전화하기만 하면 나를 태워 줬겠지만.

나는 속에서부터 완전히 얼어붙은 기분이었다.
움직이는 것이라고는
앞으로 걸어가는 발과
발을 앞질러 가는 마음뿐이었다.

머릿속에서 시나리오를 쓰고 또 썼다.
상상 속에서 나는
그 비행기에 탄 모든 이들을 불운에 빠뜨렸지만
아빠만은 반드시 구해 냈다.

휴대전화의 뉴스 알람을 무시했다.
소셜 미디어도 확인하지 않았다.

이웃고 집 앞 좁은 골목에 다다랐을 땐
이웃집 사람에게 웃어 보이고
비라 라타에게 손 키스를 보냈다.

사실일 리 없잖아?
아빠가 그 비행기에 절대 탔을 리 없다.
그럴 수 없다.

♦

아빠는 매년 똑같은 항공편으로 왔다.

이모와 나는
아빠가 도착하는 시간에 맞춰 돌아가는
시곗바늘 같았다.

아빠의 너스레를 견딜 준비도 필요했다.
토마토주스를 주문하면서 헛기침을 하는 사업가며
남몰래 그 사업가에게 윙크하는 승무원 이야기 같은 것.

아빠는 비행기 안에서 절대로 자지 않고
태블릿으로 체스를 둔다.
아빠가 작년 생일 선물로 내게 준 것은 태블릿이었고
오늘 아침에도 우리는 영상통화를 했다.

생존 여부를 확인하기에는 너무 이르다고들 한다.

아빠의 빈자리는 내게 너무도 익숙한 것이어서
조금 늦어지고 있을 뿐인 것만 같다.

내가 집에 도착할 무렵 소식을 들은 이모는 나를 꽉 끌어안고
몸을 흔들며 구슬픈 소리로 울었지만
나는 울지 않았다.
나는 햇볕 아래 놔둬 뻣뻣해진 흙 묻은 헝겊처럼 굳어 있었다.

이모는 내가 충격에 빠진 거라 했다. 내 생각에도 그랬다.
꼭 벼락에 맞은 것만 같았다.

이웃이 오고 이모가 나를 놓아주자
나는 발코니의 흔들의자에 앉아 몸을 앞뒤로 흔들었다.
아빠가 제일 좋아하는 의자다.

이윽고 이모가 잠자리에 들었을 즈음
나는 제단 앞에 섰다.
제단은 식탁 뒤쪽에 놓인, 흰 천으로 덮인 낡은 함으로
우리가 조상님들께 기도를 드리고 제물을 올리기도 하는 곳이었다.
이모가 올려 둔 시가를 집어 들었다.

끄트머리를 조심스럽게 자르고 성냥불을 붙였다.
작게 타오르는 불꽃에 입을 맞출지, 잠시 망설이다가
빨아들였다.

폐 속 가득 연기를 머금었다.
가슴을 쥐어짜는 듯한 통증이 느껴질 때까지

기침하고 기침하고 기침하고
헐떡거리며 숨을 들이쉬니 눈물이 맺혔다.

몸을 흔들고 흔들고 또 흔들었다.
태양이 나무 너머로 떠오를 때까지

택시 소리가 나는지 귀를 기울였다.
크게 웃으며 드디어 집에 왔다고, 무지막지하게 기분 좋다고 말하는 아빠의 우렁찬 목소리가 들릴 때까지.

다시는 그 소리를 들을 수 없다는 걸 알면서도.

인생을 뒤흔드는 소식은
지극히 평범한 순간에 들려오기 마련인가 봐.

나는 학교 식당 구석에 앉아 점심을 먹고 있었지.
안드레아, 아니, 드레와 함께.
그 애를 드레라고 부르는 사람은 나뿐이야.

나는 잡지를 뒤적이고 있었고
드레는 기후 변화 시위에 관한 말을 하던 중이었어.
시위 참가자들과 어디에서 만날지,
시청에 어떤 요구를 할지에 관한 이야기들을.

그때
산토스 선생님의 갈라진 목소리가
스피커에서 흘러나왔어.

"야아이라 리오스, 야아이라 리오스는 교장실로 오기 바랍니다."
학교 식당에 있는 눈이 모조리 내게 쏠리는 듯했어.
잡지를 드레에게 건네고 당부했지.
도서관에서 빌린 거니까, 귀퉁이를 접지 말라고.

식당 담당 선생님한테서 허가증을 받아 갔지만
헨리 아저씨는 허가증을 보지도 않고 미소 짓더라.
"나도 방송을 들었단다.
너 같은 애가 수업을 빼먹을 것 같진 않구나."

한숨이 나오려는 것을 꾹꾹 눌렀어.
체스판 위에서의 나는 위험을 무릅쓰는 승부사인데
현실에선?

누가 봐도 예측 가능한 모범생이지.
어른들의 말을 잘 따르고
규칙을 어기는 일도 거의 없고

주말에도 드레와 함께
넷플릭스를 보거나 패션 블로그를 살피는 게 전부인걸.
가끔은 드레가 좋아하는 정원 가꾸기 유튜브 영상을 보기도 하고.

(나는 정원 가꾸는 법을 이해하는 척하면서
사실은 드레를 봐.
그 애의 좋아하는 얼굴을 보는 게 좋으니까.)

선생님이 쓴 성취도 평가서에는
늘 똑같은 말이 적혀 있어.

수업 시간에 조용함
잠재력을 보임
조금 더 노력하면 발전 가능성이 있음

나는 규칙을 잘 지키는 사람이야.
왜 그런 사람 있잖아, 늘 '기대에 부응하는' 사람.
나는 기대를 뛰어넘지 않았고 기대보다 못하지도 않았어.
딱 해야 할 만큼만 했지.

그러니 교장실에서 대체 왜 나를 부르는지
전혀 감이 잡히지 않을 수밖에.

*그 일*을 내가 어떻게 짐작이라도 할 수 있었겠어?

소식이 퍼지며
복도의 선생님들이 탄식을 내뱉고
학부모들과 상담 교사들이 교장실로 몰려들기 시작했지만

내가 어떻게 알 수 있었겠어?

논리도 규칙도 없고 그래서 예상할 수도 없는
도무지 어떻게 헤쳐 나가야 할지 모를 일을.

이럴 때 할 수 있는 일이라고는 딱 하나뿐이야.
추락하는 것.

♦

착륙을 준비하는 비행기가 상공을 맴돌듯
나는 그 순간을 그리고 또 그려 보았어.

6월 5일의 아침에
내가 떠올릴 수 있었던 최악의 일은
고작 성취도 평가서 때문에 잔소리를 듣거나
체스 클럽에 다시 들어오라는
지긋지긋한 권유를 받는 일 정도였는데.

세 시간 전까지만 해도, 그러니까 학교에 도착했을 때만 해도
전혀 알지 못했지.
점심 전까지만 해도
드레랑 있을 때만 해도
길고 긴 학교 복도를 따라 한참 걸을 때만 해도 나는 몰랐어.

예전에 알던 삶의 문이 쾅 하고
닫혀 버린 것을.

♦

엄마는 나보다 먼저 교장실에 와 있었어.
슬리퍼를 신은 데다 헤어롤도 매단 채라니
심상치 않았지.

시내의 근사한 스파숍 매니저인 엄마는
미스 유니버스 수준으로 꾸미지 않고서는
절대로 집 밖에 나오지 않아.
엄마의 세련된 모습 자체가 광고라면서 말이야.

산토스 선생님이 자리에서 일어나 다가와서는
내 어깨에 팔을 올리더라.
선생님은 계속 울고 있었던 것 같았어.

그 팔을 치우고 싶었어.
선생님을 도로 밀치고 싶었지.
내 어깨에 두른 팔이 꼭 이렇게 말하는 것 같아서.

차마 듣기 힘든 이야기가 있다고.

선생님의 위로를 바라지 않았어.
엄마가 여기 있는 것도
곧 닥쳐올 일도
그게 뭐든 간에 바라지 않았지만

체스를 하던 시절 그랬던 것처럼
숨을 한번 크게 들이마시고 걸어 들어갔어.
내가 무너지길 기다리고 있는 사람들 한가운데로.

"엄마?"
엄마는 부르르 떨리는 아랫입술을 손가락으로 꾸욱 눌렀어.
터져 나오려는 무언가를 틀어막아 보겠다는 듯.

이내 엄마가 입을 열었어.
"네 아빠가……."

♦

그 비행기,
아빠가 오가는 항로는 사고 난 적이 거의 없다고 들었는데

존 F. 케네디 국제공항을 이륙해
정확히 3시간 36분 뒤 푸에르토플라타 공항에 착륙하곤 했는데

똑같은 루트, 똑같은 기종, 늘 하던 대로라고 했는데
이륙 전 기체 정비를 거치고 경험 많은 기장이 몰았으니 당연히

무사히 착륙해야 했는데.

비행기를 기다리던 도미니카 쪽 사람들은 한꺼번에 공황에 빠졌다고
소식은 뉴욕 쪽 사람들에게 먼저 전해졌다고 엄마는 말했어.
이륙한 지 고작 30분 만에 비행기의 꼬리가 동강 났기에

물고기를 잡아먹으려 수면으로 내리닫는 새처럼
바다를 향해 곧장 떨어졌다고 했지.
완전히 수직으로
신만이 아실 무언가를 갈망한다는 듯이

그렇게
가라앉았다고.

♦

학교를 나섰어.
산토스 선생님의 애도는 무시했어.
엄마는 울고 있어.

사물함에 들러야 하는데
아, 식당에 잡지를 두고 왔는데
엄마는 울고 있어.

드레에게 인사를 못 하고 나왔는데
엄마는 울음을 그치지 못해.

헨리 아저씨가 손을 흔들었어. 나도 손을 흔들어 줬지.
날씨는 화창하고 엄마는 울어.

태양이 눈부시게 빛나고
바람이 부드럽게 얼굴을 스치네.
엄마는 여전히 울고

하늘은 까맣게 잊어버린 것 같아.
내게서 아빠를 앗아가 버렸다는 걸.
아님 손에 넣게 된 것을 흐뭇해하고 있으려나.

눈물은 나지 않았어.

♦

문자를 통해 알게 되었어.
내가 그 일로 교장실에 호출된 네 명 중 하나라는 걸.

동네 이웃들이
슬리퍼를 신고 가운 차림으로 현관 계단에 나와 있었지.
다들 궁금했던 거야, 티브이에서 알려 주지 않는 것들이.

그 비행기에는 누가 타고 있었나? 탑승자 전원 사망이 정말인가?
테러리스트 짓인가? 반대쪽 음모인가? 혹시 정부가?

사람들이 엄마를 불렀지만
엄마는 그쪽을 쳐다보지 않았어.

엄마와 나는
마치 우리가 죽어서 유령이 된 양
걸을 뿐이었어.

잡화점, 양장점, 그리고 다른 상점 주인들이
각자의 가게 밖에 나와 있었어.
다들 누군가와 통화 중이었고

노인들은 앞으로 맞잡은 두 손을 비벼 대며
연신 고개를 가로저었지.

이곳 모닝사이드하이츠에는
여러 사람이 뒤섞여 살아.

도미니카 사람
푸에르토리코 사람
아이티 사람
미국 태생의 흑인들과 강 근처에 사는 부유한 백인들

아, 컬럼비아대학에 다니는 학생들도 있지.
대학생들은 사사건건 성가시기만 해.
우리의 기쁨도 고통도 전혀 알지 못하는 주제에.

도미니카를 떠나 이 동네로 온 사람이라면
이번 사고로 죽은 사람 중 아는 이가 한둘은 있을 거야.

아파트 앞에 다다랐을 때
5층에 사는 곤살레스 아주머니가 창을 열고 소리쳐 불렀지만
엄마는 올려다보지 않았어.
고개를 돌리지도 걸음을 멈추지도 않고서
마침내 우리 집 현관에 이르자

무언가에 찔려 바람이 빠진 것처럼 스르르 주저앉았지.

양손으로 머리를 감싸 쥐고는
헤어롤을 하나씩 빼며 몸을 부르르 떠는 엄마를
나는 지켜봤어.

나는 엄마 옆에 같이 주저앉지 않았어.
대신 엄마를 부축해 안방으로 데려갔지.

전화벨이 울려 댈 때마다 받아서
친척들에게 작은 소리로 대답한 것도
나였어.

달리 할 사람이 없었으니까.

♦

내가 아빠의 비밀을 알게 된 건
지난여름이야.

철통같은 자물쇠가 물린 것처럼
입을 열 수 없었어.
내가 알게 된 사실은 누구에게도 알려져서는 안 되는 거였으니까.
심지어 가족한테도.

아빠는 내가 입을 다문 이유가 체스 때문이라고 생각했어.
아빠가 못마땅해해서 내가 화났다고 생각한 거야.

꿈에도 몰랐겠지.
내 침묵이 아빠에 대한 실망 때문이었다는 걸.
내가 알게 된 아빠의 비밀 때문이었다는 걸.

아빠가 낯선 사람처럼 느껴지는 상황에서도
나는 한결같은 딸처럼 행동했어.

맡은 일 다 하고
누구도 성가시게 하지 않고

어떻게 깨야 할지 모르는 내 습관이야.
지금 이런 상황에서조차.

나는 쓰레기를 치우고
남은 음식을 전자레인지에 데우고

누구와도 나눌 수 없는 감정을 내 온몸에 단단히 동여매고 있어.

차마 열어 보지 못하고 있어.
아무도 원치 않았던 선물을.

하루가 지났다.
사망자 공식 발표는 아직 없다.

친구 카를리네가 일 나가기 전에 찾아왔다.
카를리네가 나를 꼭 끌어안자
그 애의 잔뜩 불러 온 배가 느껴졌다.

나는 카를리네에게서 얼른 떨어졌다.
카를리네가 부서지기라도 할까 봐
사실은 내가 부서질까 봐

카를리네는 별말이 없었다.
내 손을 잡고 신께서 내 마음을 다 알아주실 거라고만 했다.
삼촌과 숙모, 사촌을 잃은 적 있는 카를리네는 위로하는 법을 잘 안다.

그래도 너에게는 부모님 두 분이 계시지 않냐고
너는 절대로 이해 못 한다고
악쓰지 않고 나는 카를리네의 위로를 잠자코 받아들인다.

휴대전화가 울리자 카를리네는 내 손을 놓으며 투덜거렸다.
카를리네가 일하는 리조트에서 온 전화일 것이었다.

카를리네가 가고
이모는 티브이 앞에 앉아 있었고
마테오 아저씨가 모자를 손에 든 채로 찾아왔고
집 전화가 연신 울려 댔고
평소엔 얌전하던 비라 라타마저 문 앞에서 길게 울고 있었다.

이 동네 사람 누구나 아빠를 안다.
나를 잘 좀 봐 달라고 아빠가 돈을 쥐여 준 협잡꾼들,
우리한테 받을 외상값이 있는 식료품점 주인과 과일 노점상,
이모가 아기를 치료해 준 집의 사람들.

옆집 여자는 파이와 파파야를 보내왔다.
동네 남자들은 이런저런 일들을 도와주겠다며 들러서 기도까지 하고 갔다.
아빠는 1년 중 4분의 3은 이곳을 떠나 있었는데도
이곳의 사정을 365일 내내 파악하고 있었다.

청록색의 작은 우리 집 앞에 모여드는
사람들이 냄비에서 끓는 쌀알처럼 불어났다.
반바지에 모자를 쓰고 끈샌들을 신은 어른들과
빵을 들고 온 할머니들이
느릿느릿 발코니로 다가와 창살을 그러쥐고는

우리를 지켜보면서 기도했다.
기도하며 기다렸고, 기다리며 기도했다.

기도하는 사람들에게 둘러싸인 채
나는 안간힘을 썼다.

그들은 기다리고 있는 것 같았다.
내가 침착함을 벗어던지고 울부짖기만을.

♦

우리 집은 동네에서 가장 번듯하다.
아빠 덕분이다.

아빠는 우리가 다른 곳으로 이사하길 바랐으나
이모는 여태 알고 지내던 이웃들을 떠나지 않으려 했다.
그러자 아빠는 집에 방범 장치를 달고
남과 같이 쓰지 않아도 되는 수세식 화장실과 수도를 설치했다.

윙윙거리며 돌아가는 에어컨과
커다란 냉장고와 전자레인지도 모자라
정전을 대비한 발전기까지 갖춘 덕분에
우리 집은 더 눈에 띄게 되었다.

정전이 될 때면 온 마을이 컴컴한 와중에
불이 환히 켜진 몇 안 되는 집 중 하나가 우리 집이었다.
그런데 처음으로,
컴컴한 쪽은 우리 집이라는 생각이 들었다.

♦

작달막한 방 두 개와 부엌이 있는
뒷마당 작은 뜰에선 기도 의식이나 파티를 열곤 하는
우리 집

최근에 타일을 깐 바닥은 늘 깨끗이 닦는다.
티브이, 와이파이, 이런저런 작은 사치품들은 모두
아빠가 미국에서 흘린 땀 덕분이다.

하지만 우리 집에서 가장 좋은 점을 꼽으라면
다른 무엇보다도
해변까지 걸어서 3분 거리라는 점이다.

바다는 몇 번이고 나를 구해 주었다.

세상은 내가 아는 것보다 더 크며
바닷물은 끊임없이 움직인다는 걸 떠올리고 싶을 때마다

나를 위한 인생이 저 너머에 펼쳐지리라는 것과
혼자 남겨질 일은 없을 거라는 사실을 떠올리고 싶을 때마다.

♦

내 빨간색 수영복은
옛날 미국 드라마 〈SOS 해상 구조대〉 스타일인데
다만 다리 라인이 좀 깊게 파였다. 애석한 일이다.

집 앞에 모여든 사람들을 피해
몰래 뒷문으로 빠져나왔다.
그들의 질문과 위로를 듣다 보면 한 대 때려 주고 싶어졌다.

뒷길은 곧장 해변으로 통한다.
몰래 나왔건만 비라 라타가 어느새 내 발밑에 따라붙었다.
동네 끄트머리에 자리한 집 두어 채를 지나치고
남자들이 도미노를 하며 미지근한 맥주를 홀짝거리는 술집 두 곳을 지나치는데

파란색 반바지 차림으로 술집 바깥에 앉아 있는 엘 세로가 보였다.
엘 세로의 눈길이 내게 들러붙었다.
나보다 나이가 많지만 아빠보다는 어린 남자.

나는 잘 알고 있었다.
내가 열세 살이 되던 해부터
아빠가 엘 세로에게 나를 내버려 두라며 매년 돈을 줬다는 걸.

그러나 지난 몇 달간 자꾸만 엘 세로의 눈길이 느껴졌다.
자질구레한 일이었다.
이를테면 내가 내리는 버스 정류장 근처에서 기웃거린다든지
평소보다 자주 해변에 나타나 어슬렁거린다든지.
한번은 카를리네에게 나에 관해 물어보기도 했다.

시선을 땅에 고정한 채 걸음을 빨리했다.
내가 안 보이길 바라며 한껏 웅크리고.

마침내
내가 좋아하는 풍광이 나타났다.
우거진 나무 사이로 난 작은 길,
잘 다진 흙으로 만들어진 제방을 따라가면
내리쬐는 햇볕에 하얗게 빛나는 모래밭.

저쪽엔 어린애들이 다이빙을 하는 들쭉날쭉한 절벽이 있다.
다른 한쪽엔 돌벽이 있다.
돌벽은 우리 동네와 카를리네가 일하는 리조트를 가르는 경계였다.

절벽 쪽으로는 가지 않는다.
재주넘기나 하러 온 것이 아니다.

나는 오직 물살을 헤치고 싶다.
끊임없이 움직이며 절대 멈추지 않는 물결.

내가 가르며 지나온 곳에
파랗고 맑은 물이 곧바로 들어찬다.
요란하게 몰아치는 포말이 온갖 나쁜 생각들을 잠재운다.
나만의 작은 오아시스.
아빠는 이곳을 카미노의 해변이라고 불렀다.

반바지를 벗고 첨벙첨벙 물살을 가르며 나아갔다.
이렇게 하면 미어지는 마음을 산산이 흩어 버릴 수 있다는 듯이.

♦

인간이 몸으로 할 수 있는 것 중에서는
헤엄이 하늘을 나는 행위에 가장 가깝지 않을까.

신의 손길이 깃든 듯한 공간에서
앞으로 나아가려고 물살을 밀어 내다 보면 확실히 뭔가 느껴진다.

물을 헤치며 나는 진화를 이해하게 된다.
인간은 바다에서 기어 나온 것이 틀림없다.

나는 물을 헤쳐 나가는 일, 새로운 인생을 만드는 일,
쪼글쪼글해진 피부로 잠시 숨을 돌리는 일에만 몰두했다.
이모는 내가 어쩌면 바다를 수호하는 성자의 딸일지도 모른다고 했다.

나는 내가 있어야 할 곳이 어디인지 아주 잘 안다.

엉켜 버린 나를 빗질해 주는 물살
살갗을 아리게 하는 추위
두 팔로 부채꼴을 그리면서 머리를 들이밀어 통과하는 감각

그리고 때로는 이 모든 것들과 싸워야 하는 곳
바로, 여기.

♦

아빠는 이곳에서 수영을 배웠다.
깎아지른 절벽 아래 시퍼런 물로 뛰어들면서.

어린 나에게 수영을 가르치며 아빠는
리조트 수영장의 잔잔한 물을 비웃곤 했다.

"자, 수영을 배우는 가장 좋은 방법은
널 죽일 듯 휘몰아치는 물살 속으로 곧장 뛰어드는 거야."
아빠가 이렇게 말하는 게 나는 좋았다.

내가 지느러미 달린 물고기가 되어 보려 애쓰는 동안
아빠는 주로 해변에서 보고만 있었지만

가끔 아빠가 셔츠를 벗어 던지는 날이 있었다.
북슬북슬한 가슴 털과 출렁이는 뱃살이 드러나면
아빠를 잠시 모른 척하고 싶기도 했다.

동네 아이들은 '카미노의 아빠'에게 관심이 많았다.
미국에서 산 근사한 셔츠를 딸에게 선물하는 사람이
샌들과 모자를 벗어 놓고
작은 절벽 끝으로 걸어가서는
훌쩍 뛰어내리는 모습을 유심히 지켜보았다.

아주 부드럽게
그리고 칼날처럼 깔끔하게

물속으로 들어가는 모습은 마이클 펠프스도 샘낼 만큼 멋졌다.
전설 속 인어처럼, 꼭 물속에 사는 생명체 같았다.
나는 아빠 목에 혹시 아가미가 있나 찾아보곤 했다.

아무리 거센 물살이라도
아빠가 헤쳐 나가지 못할 만큼 거세지는 못했다.
아빠는 거의 물로 이루어진 사람이었다.

동네 꼬마들이 환호성을 내지르며 아빠 등에 올라타려 하면
아빠는 인간 서핑보드가 되어 주곤 했다.
그러면 나는 이렇게 말했다. "우리 아빠야! 우리 아빠라고!"

아빠는 자기를 죽일 듯 휘몰아치는 바다에서 수영을 배웠다.
저 바다가 그리 다를 리 없었다. 달라서는 안 되었다.

위험천만한 다이빙을 하고도
다시 수면 위로 올라와 숨을 쉴 수 있는 사람이 있다면

평생에 걸쳐 그걸 연습해 온 우리 아빠여야 할 것이다.

♦

양팔이 무거워졌다. 관절들이 아우성쳤다.
하지만 계속 헤엄치고 싶었다. 내가 바다가 될 때까지.

물 아래에선 세상이 희미해진다.
바다는 내게 속삭인다. 계속 여기에 있어. 가지 마.

멀리 헤엄쳐 갔다가 돌아오고, 갔다가 또 돌아왔다.
팔이 덜덜 떨리고 폐에 불이 난 것 같지만
멈출 수 없다. 계속 헤엄칠 수밖에.

숨을 쉬려고 고개를 돌리는 순간
날카로운 호루라기 소리가 들린다.
물 위에 둥둥 뜬 채로 어두워진 하늘을 바라보았다.
해변에 있는 사람이 누군지 확인할 필요는 없었다.

"늦었잖아, 카미노. 어두운 바다는 위험해."
엘 세로.
나는 항상 알고 있었던 것 같다.
아빠가 없어지면 무언가 피곤한 일이 생기리라는 걸.

엘 세로를 피해 갈 수 있는 가장 가까운 경로를 가늠해 본다.
비라 라타가 나를 향해 꼬리를 흔든다.
비라 라타가 아주 사나운 개였다면 어땠을까.

멀리서도 보인다.
엘 세로의 시선이 추위에 도드라진 내 젖꼭지 쪽으로 내려가는 게.

어두운 바다가 위험하다니.

세상에서 가장 위험한 존재가 지금 바로 내 앞에 서 있었다.

♦

엘 세로에게 두려움을 들켜서는 안 된다.
그는 그런 종류의 인간이다.

고개를 꼿꼿이 들고 조용히 엘 세로 옆을 지나간다.
바지춤을 움켜쥐고 이를 악문 채.

비라 라타가 내 기분을 알아차린 게 틀림없다.
다가와 내 다리에 몸을 문댄다.
괜찮다는 걸 알려 주려고 비라 라타를 한번 쓰다듬었다.

나는 어떤 것과도 엮이고 싶지 않았다.
새벽마다 우는 수탉이든 촛불을 밝히는 할머니든 뉴스를 보고 있는 이모든 뒤뜰에 모여든 사람들이든 서로 손을 맞잡고 하는 기도든 유심히 쳐다보는 시선이든 아빠가 죽었다며 쑥덕대는 목소리든

그러나 애도를 한답시고 들러붙을 엘 세로란
이 모든 것과는 비교도 안 되는 상황인 것이다.
그가 나에게 원하는 것이 무엇이든 간에.

♦

내가 열두 살 때부터 남자애들이 수작을 걸어왔고
아빠는 그것을 좋아하지 않았다. 그렇다 한들,
그 애들을 내게서 떨어뜨려 놓기 위해
항상 내 주변에 있어 주지는 않았다.
게다가 아빠는 기세만큼 엄격하게 군 적이 없었다.

나는 동네 남자애들과 사귀지 않았다.
걔들은 술집에서
같이 잤던 여자애들에 대해 쑥덕대기나 좋아하니까.

내가 관심 있는 건
국제학교에 다니는 외국 남자애들뿐이었다.
미국 말투로 말하는
미국 여권이 있는
좋은 집안 출신의
딱 봐도 돈과 특권이 뚜렷이 새겨진 애들.

그런 애들이 귀엽거나 매력 있어서가 아니었다.
어차피 걔들은 종종 아주 불쾌하게 나왔다.
그저 내 매끈한 혀와 갈색 피부를 한번 맛보고 싶어 하거나
분유 냄새 나는 겉치레를 뽐내며
내 인생을 끌어올려 주기라도 할 것처럼 굴었다.

그런 애들과 데이트한 까닭은 안전해서였다.
걔들은

감미로운 바차타*에 맞춰 춤을 추지도 못하고
후안 루이스 게라*의 노래를 부를 줄도 모르고
살로메 우레냐*의 시는커녕 조상 이름조차 대지 못한다.
그저 제 나라 국기를 구호용 담요처럼 두르고 있을 뿐이다.

마음에도 지도가 있다면
그 애들 중 누구도 내 좌표를 알 수 없을 것이다.
내 마음의 험악한 지형에서 살아남아 길을 찾는 데 필요한 좌표를.
다시 말해
그런 애들에게 내가 휘둘릴 일은 없을 것이었다.

* 도미니카에서 유래한 음악 장르이자 춤의 이름.
* 도미니카의 가수.
* 도미니카의 시인이자 교육자.

♦

아빠는 머리 회전이 빨랐다.
장사꾼. 장난 아니게 세상 물정에 밝은 남자였다.
소화전에 물을 팔 수도 있고
불난 주유소에 성냥을 팔 수도 있었다.

아빠는 이곳 도미니카의 푸에르토플라타 소수아 출신이다.
아빠는 늘 말했다.
나랑 이모가 구두를 닦거나 복권 파는 일을 하지 않길 바란다고.
없이 사는 분노, 배고픔을 몰랐으면 한다고.

그 덕에 우리는 이웃만큼 가난하진 않았다.
그러나 국제학교 친구들만큼 부유한 것도 분명 아니었다.

웨스턴 유니언*에 의존하여 사는,
아빠가 보낸 돈은 대부분 수업료로 나가기에
중고 나이키 운동화를 새것처럼 칠해 신는 가난한 사람일 뿐.

아빠는 장사꾼이자
땀 흘려 일하는 나의 혈육이자
열심히 일하는 고용인이자 자기 왕국을 세운 왕이었다.

그러니 내겐 물려받을 왕좌가 있었다.

* 미국에 본사를 둔 국제 송금 네트워크 기업.

♦

엘 세로는 아빠 같은 부류의 장사꾼이 아니다.
놈이 사고파는 것은 몸이다.

열 살 무렵의 어린 여자애들을 눈독 들이고
주머니에 먹을 것을 넣은 채 다가가 들척지근한 말을 건넸다.
여자애가 점점 커서 피어나는 기미가 보이면
자기 밑에서 부리며 등골까지 빼먹었다.

이곳 사람 대다수는 나처럼 생각하지 않겠지만,
여자는 자기가 팔고 싶은 것이라면 무엇이든 팔 수 있어야 한다.
하지만 누군가의 강요에 의해서는 안 되었다. 특히 엘 세로라면.

거리에 떠도는 말이,
엘 세로는 여자애를 강제로 품은 뒤
민소매와 짧은 반바지를 입혀
리조트가 있는 해변으로 데려간댔다.

밝은 태양과 섹스를 찾아 세계 여기저기서 온 남자들이
엄지를 올리거나 내려 보였다.
엘 세로가 내놓은 상품들을 보고.
아니, 여자들을 보고.
아니, 여자아이들을 보고.

그러니 아니다.
엘 세로가 흘리는 땀은 자신의 땀이 아니다.

지금도
저물어 가는 해에 시선을 고정한 채 걸어가는 나에게
엘 세로는 소리친다.

“카미노, 알지? 뭐든 필요하면 말만 해. 돈이든, 기대어 울 어깨든.
너희 아버지가 돌아가신 건 참 애석한 일이야.”

포근한 저녁이건만
소름이 돋는다.

아빠가 매년 얼마를 지불했든
엘 세로가 쉽사리 포기할 리 없었다.
내겐 돈이 없지만 엘 세로가 다른 식으로 받아 낼 수 있다는 걸 안다.
내가 수렁에 빠지면 빠질수록 놈은 지금처럼 웃으리라.

♦

엘 세로가 나를 볼 때 무엇을 보는지 안다.
등을 따라 구불구불 내려온, 햇볕에 바랜 머리 타래
잘 먹고 자란 덕에 부드럽게 굴곡진 몸

수영으로 연마된 내 몸의 관절들은 뾰족하다.
이모가 늘 날카롭게 벼리어 두는 마체테처럼.
뾰족한 무릎과 팔꿈치, 광대와 턱.
혀도 뾰족한데 수영으로 연마한 건 아니다.

내 피부색은 이모와 똑같다. 엄마와도.
만약 아빠의 사진이 흑백으로 찍힌다면
나는 세피아 톤으로 찍히겠지. 부드러운 황갈빛으로.

나는 다 큰 여자처럼 보이는 여자아이가 아니라
여자아이처럼 보이는 여자아이.

이것이야말로 엘 세로가 찾고 있는 것이다.
손쉽게 끌어들일 수 있고
손쉽게 팔아넘길 수 있는 여자아이.

♦

엘 세로의 여동생 에밀리와 함께 학교에 다니던 시절이 있었다.
엘 세로가 아직 엘 세로가 아니라, 말라깽이 알레한드로였던 시절이었다.

허리케인과 열병이 휩쓸기 전이었고
사람들이 죽고 아프기 전
아빠가 나를 사립학교에 보내기 전이었다.

에밀리가 웃으면 사이가 벌어진 앞니가 보였다.
한창 유치가 빠지는 일곱 살이기 때문만은 아니었다.

에밀리는 내 친구였다.
누가 책을 읽어 볼래 하면 제일 먼저 손을 들던 아이.

그 애는 누구에게든 손을 흔들며 인사했다.
새끼를 밴 길고양이에게
연고와 양말을 파는 아주머니에게
길가 모퉁이에서 음정 박자가 맞지 않는 노래를 부르던 술주정뱅이에게도

뎅기열이 닥쳤다. 큰비와 함께.
이모의 손길은 모두에게 다 가닿지는 못했다.

자신은 괜찮다고 고집을 부리던, 이모의 하나뿐인 여동생에게도
조카와 친한 친구였던, 벌어진 앞니를 보이며 웃던 여자아이에게도

그해 10월엔 장례식이 많았다.

그 남자는 여동생이 죽고 나서 완전히 다른 사람이 됐다고 했다.
내게는 계속 떠오르는 장면이 있었다.
엘 세로가 다가오면 몸서리치는 지금도 또렷이 떠오르는 기억이다.

지금과 똑같은 얼굴을 한 그 사람은
에밀리를 마중하러 학교 앞에 오곤 했다.
뭘 하고 있었든 하던 일을 멈추고
두 팔을 활짝 벌린 채 오빠에게 달려가던 에밀리.
에밀리를 안아 올리고는 원을 그리며 빙글빙글 돌던 그 애의 오빠.

그리고 그걸 보며 샘을 내던 나의 모습이었다.
내게는 그런 가족이, 없었으니까.

♦

사고 이후로 이모는
계속 티브이만 보고 있다.
아빠 사진 아래 커다란 초 세 개를
계속 켜 둔 채다.

오늘 아침부터 잠수부들이 비행기 잔해를 건져 올리기 시작했다.

아빠는 바다를 좋아했다.
숨을 누구보다 오래 참을 수 있었다.

관련 뉴스가 차츰 잦아들었다.
생존자가 있을 가능성도 희박해져 가고 있다.

72시간이 지났고 월요일에는 학교에 갔다.
이모가 가지 않아도 된다고 했지만
나는 일상을 유지하고 싶었다.
선생님들은 내게 과제를 주지도 질문을 던지지도 않았다.

하굣길, 궤짝 위에 걸터앉은 엘 세로를 보았다.
내가 버스에서 내리는 곳 근처였다.
나중에는 술집 바깥에 앉아 있었다.
내가 해변으로 가려면 지나쳐야 하는 술집이었다.

귀퉁이마다 보이는 것 같아도 겁먹지 않으려 애썼다.
하지만 안전하다는 감각이 흔들리는 것은 사실이었다.
엘 세로의 거래 대부분은 해변 리조트 근처에서 이뤄지니까
언제까지고 내버려 두지 않을 것이다. 해변이든 나든.

한 손에 먹을 걸 든 사람이 다른 손으로는 후려칠 수도 있다는 것을 아는 말라빠진 고양이처럼

나는 엘 세로를 피해 다녔다.

저녁으로는 며칠 된 스튜를 데웠다.

여전히 목으로 넘어가지 않았다.

이제 희망을 버려야 하는 때이지만 차마 그 말을

꺼낼 수가 없었다.

꺼내면

정말로

현실이

되어 버릴 테니까.

♦

이모도 나도
그 얘기를 하지 않으면
없던 일이 되는 양 굴었다.

나는 이모가 약초를 갈고 말리는 것을 도왔다.
수건을 꿰매고 조용히 티브이를 봤다.

한두 번인가 거실로 걸어갈 때
이모가 나지막이 통화하는 소리가 들려왔다.
그때마다 이모는 재빨리 전화를 끊었다.

이모는 아마도
장례식을 준비하고 있는 것 같았다.

내게 말할 순 없었던 거다.
그런 일을 감당하기엔 아직 내 어깨가 너무나 가냘프니까.

물론 사람들은 가끔 체스를 두지.
하지만 나는 ***진짜로*** 체스를 뒀어.
공원에서 할아버지들이 두는 체스 같은 거 말고.
그분들을 낮잡아 말하는 건 아냐.
그저 내게는 공식적인 랭킹이 있다는 얘길 하는 거야.

작년에 내가 국제체스연맹에서 받은 레이팅*은
내가 태어난 연도보다 컸어. 2000을 훌쩍 넘었다는 거지.

매주 시에서 열리는 대회에 출전해 죄다 우승했고
전국 대회에 나가는 선수팀에도 소속돼 있었어.
작년까지는 말이야.

포르탈라틴 고등학교에서 가장 공부 잘하는 학생은 아니지만
도시 전체에서 가장 체스를 잘 두는 선수에 들어갔지.
우리 팀이 우승하도록 확실히 역할을 해냈고
그 덕에 학교에선 나를 무척이나 아꼈어. 이웃들도 그랬고.
우리 동네가 신문이랑 심야 티브이 프로에 나왔거든.
마약이나 형편없는 학업 성취도나 젠트리피케이션이 아닌 다른 이유로 말이야.

작년에 모든 것이 변해 버렸어.
내가 변했고
체스도 변했지.

* 체스 선수의 실력을 나타내는 점수.

체스를 하며 하나 배운 게 있다면
한번 폰*을 들면 반드시 앞으로 움직여야 한다는 것.
원래 있던 자리로는 결코 되돌릴 수 없다는 것.

* 체스에 사용되는 말 중 하나. 뒤로는 움직일 수 없다.

♦

아빠는 훌륭한 체스 코치였어.
훌륭한 선수는 아니었지만.
지금 보니 아빠가 얼마나 잘 숨기는 사람인지를 보여 주는 증거였네.

아빠의 다음 수는 늘 뻔히 보였어.
적어도 전에는 그렇게 생각했지.

도미니카에 가 있을 때 아빠는 연락이 잘 안 됐어.
꼭 연락할 필요가 없기도 했어. 지난여름의 그날만 빼면.

그때 내게 일어난 일을
지금도 꺼내기 어려운 그 일을
이해시켜 줄 사람은 오직 아빠뿐이었는데

아빠는 전화를 받지 않았고
문자메시지에도 답이 없었어.
이메일을 보내 봤는데 하루가 지나도 내 메일함은 텅 비어 있었지.

아빠의 사업 관련 전화번호를 하나도 모른다는 사실을
그제야 깨달았어.
호르헤 삼촌에게 물어봤는데 삼촌도 연락할 만한 번호를 모른다더라.

엄마는 내 등을 쓰다듬으며
아빠가 가능할 때 연락해 올 거라고 했지만
엄마가 집에 없을 때 나는 아빠의 서류철을 뒤졌어.
사무실 번호가 적힌 서류 하나쯤은 있을 거라 생각했어.

자석에 끌린 것처럼
내 손가락은 밀봉된 봉투 하나에 닿았어.

엄마는 그 봉투를 한 번도 본 적 없는 게
확실했어.

내가 지금 아는 사실을 엄마가 알았다면
모든 게 그대로일 수는 없었을 테니까.

♦

엄마가 하는 이야기와
아빠가 하는 이야기는 서로 달랐어.

아빠에 따르면
아빠는 엄마를 푸에르토플라타의 말레콘에서 처음 봤대.
끝내주는 하이웨이스트 청바지를 입고 해변에 앉아 있더래.

"모델처럼 예쁘고 키가 컸어.
생머리에, 코는 오뚝하더라."

엄마에 따르면
아빠가 슬금슬금 다가오는 게 다 보였대.
바닐라빈 같은 흑갈색의 피부와 널찍한 가슴, 투박한 손.

"전사처럼 강인해 보였어.
아프로 헤어스타일에 고르게 난 이가 돋보였지."

아빠 눈에 엄마는 고와 보였대.
꼭 잡고 싶은 도자기 체스 말처럼.

엄마가 보기에 아빠에게는
엄마의 관심을 끄는 어떤 점이 있었대.

아빠의 웃음이었을지도 몰라.
새들이 놀라 다 날아갈 법한 그 웃음.
아니면 사람들 사이를 뚫고 엄마 쪽으로 오던 걸음걸이였을지도.

엄마가 당황하지 않고 반쯤 웃으며 바라보는 모습에
아빠는 잔뜩 가슴을 부풀리고서는
머리를 단정하게 매만지며 자신을 소개했고
언젠가 아내로 맞이하리라 마음먹었대.

♦

커피와 연유를 섞으면 당연히
연갈색이 나올 거라고 예상할 테지만

나는 아빠를 똑 닮은,
아빠의 베야 네그라.*

아빠처럼 머리숱이 많고
아빠처럼 입술이 두껍고
아빠처럼 비판에 쉽게 동요하지 않지.

엄마의 사촌 몇몇이
못난이라고 깎아내렸지만
나는 들은 척도 하지 않았는걸.

아빠가 했던 말이 귓가에 남아 있어.
까무잡잡한 너는 늘 아름다워.
밤하늘처럼, 폭발한 뒤의 별처럼, 흑요석과 오닉스처럼
고귀하지.

그 모든 것과 상관없이
그 모든 것이 그러하듯
내가 아름답다는 것을 나는 알아.

하늘이 넓고 땅이 깊은 것처럼
지금 이곳에 있는 나는 아름다워.

* '아름다운 흑인 여성'이라는 뜻.
야아이라의 아빠가 딸에 대한 사랑을 담아 부르는 애칭이다.

나는 늘 검은 말로 체스를 두는 것이 좋았어.

언제나 한 수 앞서가며
꺾어 나갔지.

나를 불쾌하게 하는 상대를.

♦

피부색과 이목구비는 아빠를 닮았지만
몸은 완전히 엄마 쪽이야.
엄마 몸의 굴곡은 앞으로 내 몸이 어떻게 자랄지를 보여 주는 셈이지.
누구든 나를 보면 엄마 아빠의 아이라는 걸 알 거야.

드레와 내가 처음 옷을 다 벗고
서로의 몸을 만졌을 때

나는 엄마에게 감사 문자라도 보내고 싶은 심정이었어.
내 몸에 드레의 손이 머물 곳을 물려줘서 고맙다고.

가늘고 긴 내 손가락을 내려다볼 때면
아빠와 닮은 내 모습 속에 엄마가 남긴 징표 같아.

내 웃음소리는 완전히 아빠야.
고개를 삐딱하게 기울이는 습관도 아빠를 빼닮았어.

성격을 말하자면 엄마도 아빠도 닮지 않았어.

왁자지껄한 가족 파티가 열릴 때면
나는 방에서 조용히 책이나 봤고

아빠는 어떻게 하면 한 푼이라도 아낄지 늘 궁리했는데
나는 다음 생일 선물로 받고 싶은 걸 세포라에서 미리 골라 놓았고

엄마는 몇 시간이고 요리하는 걸 좋아하는데
나는 토스트도 태워 먹기 일쑤야.

나는 엄마 아빠의 딸이야.
내게서 두 사람의 모습이 보일 테지.
그러나 나는 오직 나이기도 해.
대개 그렇지.

아빠가 바다 밑바닥의 닻이 되고 말았는지
나는 아직 모르니까

걸려 오는 전화를 다 무시했어.
친구들의 이름이 뜰 때마다 거절을 눌렀지.

귀를 접어 버리고 싶었어.
빈 사탕 껍질처럼 작게 더 작게 착착
아무 말도 들리지 않을 때까지.

내가 눈을 감으면
아빠가 다시는 눈을 뜨지 못할 거라는 걸
혹시라도 인정하는 게 될까 봐 두려웠는데
승산 없는 싸움이었지.
손에 리모컨을 쥐고서 소파에서 잠이 들어 버린 거야.

끙끙대는 소리에 깼어.
무시무시한 무언가가 엄마 몸속으로 파고드는 소리 같았어.

엄마는 귀를 전화기에 대고 있었고
내 눈은 엄마 눈길을 따라 티브이로 향했지.

: 1112기 사고 생존자 없음

♦

드레는 내 가장 친한 친구야.
걔가 바로 옆 아파트로 이사 왔을 때부터 쭉

드레는 내 여자친구이기도 해.
열네 살 무렵부터 쭉

우리 집과 드레 집은 비상계단을 같이 쓰는데
우연히 같은 시간대에 계단으로 나와 있곤 했던 거야.

열네 살의 여름,
드레는 판타지 소설을 읽거나
반쯤 죽어 가는 토마토의 가지치기를 했고
나는 휴대전화로 체스를 두거나
네일아트 방법을 알려 주는 동영상을 봤어.

드레와 나는 점점 딱 붙어 있게 되었지.
우린 각자의 세계에 열중하며 그 편안한 공간에 함께였어.

드레네는 남부 출신의 군인 가족이라 히피는 못 될 환경이지만
그래도 그 애는 자연을 지극히도 사랑하고 아껴.
다람쥐 먹이 주기, 나무 안기 운동, 점성술에 심취한 채식주의자가
바로 드레야.

나? 나로 말할 것 같으면 패션에 관심이 많고,
한때 체스를 뒀지만
기량이 최고조에 달했을 때 돌연 관둬 버린 흑인 여자아이.

부모님이 우리를 어떤 눈으로 보는지 알고 있어.
형광 물음표가 그려진 옷을 입은 것처럼 눈에 띄겠지.

하지만 우리는 정확히 알고 있어.
우리가 서로를 어떤 눈으로 바라보는지.

거기에 우리 자신에 관한 답이 있어.

♦

삐져나온 코털이나 너무 바싹 깎아 버린 손톱이
내 눈엔 너무 잘 보여.
손톱을 아주 잘 다듬었다며 칭찬을 하는 편이지.
어떤 식으로든 입씨름하기보다는 말이야.

드레는 어떤 이야기든
주제를 정원 가꾸기 쪽으로 트는 재주가 있어.
야한 농담이 나오면
드레는 자가수분하는 식물 이야기를 꺼낼 거고
여러 명이랑 뒹구는 얘기가 나오면
드레는 눈을 깜빡거리며
갈아 놓은 땅에 씨 뿌리는 장면을 생각하고 있겠지.

정리하자면 우리의 관심은
체스와 점성술과 흙,
그리고 서로에게 쏠려 있다는 거야.

♦

드레가 문자를 보내오고 있어.
아침부터 계속.

뉴스를 봤겠지.
나에게선 어떤 얘기도 듣지 못했고.
나는 휴대전화를 아예 꺼 버렸으니까.

그 이야기를 꺼낸다는 생각만으로도
나 자신에게서 도망치고 싶어져.

하지만 여자친구를 언제까지고 무시할 수는 없지.
특히 여자친구가 내 방 창문을 두드린다면 말이야.

드레가 창 너머에서 물었어.
"정말이니, 야야?"
떨리는 그 목소리가 나를 흔들어 댔어.

드레는 우리 아빠를 무척이나 좋아했어.
진짜 가족인 것처럼 말이야.
교과서에서 배운 스페인어로
또 노스캐롤라이나 사람 특유의 유머로
드레는 아빠를 웃게 하곤 했지.

"모르겠어, 드레. 아직……."
말을 끝맺지 못했어.
거짓말 같아서.
이젠 아무도 가능성이 남아 있다고 여기지 않으니까.

드레가 고개를 끄덕이는 게 보이진 않았지만
끄덕이고 있다는 걸 알았어.
드레의 흑갈색 뺨을 타고 눈물이 쏟아지고 있다는 것도.

긴 다리가 창문으로 들어오는가 싶더니
드레가 방바닥에 쭈그리고 앉았어.
내 무릎에 머리를 올린 채 내 다리를 끌어안았지.

"내가 여기 있어, 야야. 여기 있어."
몇 시간을 우리는 그렇게 앉아 있었어.

♦

뉴욕에서 산 지 꽤 오래되었는데도 드레에게선
이따금 노스캐롤라이나 특유의 억양이 불쑥 나올 때가 있어.
속상하거나 상처받았거나 강해지려 애쓸 때면 특히.

뉴욕 사람이 화가 나면?
배턴을 넘기려 기를 쓰는 이어달리기 선수처럼
잔뜩 날이 선 어휘만 골라선 끊임없이 퍼부어 대지.

하지만 드레는
화가 날수록 말을 느리게 해. 오히려 더 정중하게 굴지.
정말 뼛속까지 존슨 박사님의 딸이라니까.
태도가 완전히 똑같아.

존슨 박사님은 할 말이 있을 때면
꼭 돌돌 말린 리본을 풀듯 말을 하는데
끝이 없는 리본이라는 게 문제야.

어째서 우리가 숙제를 좀 더 일찍 끝내야 했는지에 대해
혹은 어째서 우리가 보는 어떤 영화나 소설 미디어의 짧은 영상이
더 큰 맥락에서 바라보면 마냥 재미있다고 말할 수는 없는 것인지에 대해

양손을 깍지 껴서 배 앞에 두고
고개는 한쪽으로 삐딱하게 기울인 채
차분히 말을 이어 가지.

반면에 드레의 아빠인 존슨 아저씨는,
아니, 공군에 계시니까 존슨 상사님이라고 해야 하려나?
말이 빠른지 느린지, 말투가 차분한지 아닌지 잘 모르겠어.
그걸 알 만큼 대화를 해 본 적이 없거든.

지금 드레는 천천히 말하고 있어.

축 처진 식물에게 속삭이던 드레를 본 적이 있어.
지금 드레는 꼭 그때 같아.

자신의 숨결이 시들한 이파리를 다시 펼칠 수 있기라도 한 것처럼
다시 건강한 상태로 되돌릴 수 있기라도 한 것처럼
죽어 가는 줄기를 되살릴 수 있기라도 한 것처럼

내게 속삭이고 있어.

♦

열네 살, 그해 여름에 드레는 훌쩍 컸어.
비좁은 비상계단의 난간에 다리를 걸칠 땐
꼭 조던 운동화를 신은 비둘기가 횃대에 걸터앉은 것 같았지.

드레는 대학에서 언어치료를 공부하고 싶다는데
나는 드레가 농업을 전공해야 한다고 생각해.
식물을 그렇게 키워 내는 사람을 나는 한 번도 본 적이 없으니까.

비상계단의 작은 화분 속 씨앗들이
드레의 손길이 닿으면 싹을 틔우고 꽃까지 피워 내는 걸
나는 지켜봐 왔어.

걸어 두는 화분에서는 오크라를 키워.
우리 집 쪽 계단에 두었지. 빛이 더 잘 드니까.
후추가 푸릇하게 다 자란 자리에는 토마토를 심었어.

비상계단에서 식물을 키우면 비상시 위험할 수 있다고
집주인이 안내문을 붙여 놓긴 했지만
드레는 화분을 교묘하게 쌓거나 난간에 걸거나
앞에서 봐선 보이지 않게 숨기는 식으로 방법을 찾아냈어.

비둘기가 씨를 쪼아 먹고 다람쥐가 새로 난 싹을 오물거려도
드레는 웃으며 까만 손으로 다시 흙을 만지작거리지.

우리에게 좋은 것을 길러 내기로 결심하면서.

♦

드레와 내가 서로에게 어떤 존재인지
아빠는 알지 못했어.
적어도, 아빠가 그에 관해 말한 적은 없어.
엄마는 그래도 관심을 두는 편이지.

엄마는 내가 드레를 좋아하는 걸 못마땅해하지는 않아.
엄마는 확실히 이해하고 있거든.
내가 별일 아닌 것처럼 받아들여지기를 바라고 있다는 걸.

엄마가 무척 좋아하는 가수인 후안 가브리엘이
한번은 어느 인터뷰에서 동성애자냐고 묻는 질문을 받았어.
후안의 대답은
: 자명한 사실은 굳이 말할 필요가 없죠.

그때 엄마의 눈빛이 어찌나 흔들리던지.

꽃에 앉은 꿀벌이
꽃가루가 달콤하다는 걸 아는 것처럼

내가 여자를 좋아한다는 걸
엄마에게 굳이 말할 필요는 없어.
엄마는 어차피 알고 있는걸.
내게 드레가 특별하다는 것까지도 말이야.

작년 밸런타인데이 때
학교에 가려고 집을 나서는 내게
엄마는 20달러가 든 봉투를 건넸어.

“안드레아에게 좋은 선물을 사 주렴.”
향긋한 뭔가가 담긴 냄비를 저으면서 엄마는 말했지.

엄마에게라면
나의 가장 친한 친구와 단순히 친구 사이인 척할 필요는 없어.

♦

옆집 여자아이가 나만의 여자아이가 된 건
영어 작문 과제 때나 써낼 법한 이야기 같지만
드레와 내게 실제로 일어난 일이었어.

우리는 친한 친구 사이에서
하루아침에
서로의 입술에 발린 립글로스를 나누는 사이가 되었지.

경이로움
내가 이 단어를 이해하게 될 줄은 몰랐어.

우리의 혀가 맞닿기 전까지는.
우리의 혀가 또 맞닿기를 바라기 전까지는.
내가 그 애를 느끼는 것처럼 그 애는 나를 느꼈어.

우리가 처음 키스한 날
나는 안방으로 들어가
아빠가 장식장 위에 놓아둔 성자 조각상에 대고 감사드렸어.

감사합니다, 감사합니다—
귀 기울이는 모든 것에 나는 속삭였지.

♦

딱 한 가지
드레가 내 신경을 긁는 점이 있다면

가끔
너무 빡빡하게 군다는 거야.

옳은 일에 대한 자신만의 기준이 있어서
언제나 자신이 보기에 바른 방향으로 균형을 맞추려 하지.

그래서 드레가 내게 실망한 거야.
드레가 원하는 만큼 내가 '드러내지' 않아서.
우리가 서로에게 어떤 존재인지를

숨겨서는 안 된다고 드레는 말했고
나는 숨기는 게 아니라고 말했어.

그저 굳이 나서서 공표하지 않을 뿐이라고.
어차피 나를 아는 사람은 알고 있으니까.

드레의 별난 점은 다른 식으로도 나타나곤 해.
이를테면 드레는

플라스틱 빨대나
물 사용권이나
아빠를 향한 내 감정 같은 문제들에 대해
내가 명확한 의견을 내놓길 바랐어.

가능성을 따져 보며
상황 판단을 하고 무언가를 받아들이기까지
내게는 시간이 필요하다는 걸
드레는 가끔 몰라.

♦

내 피부색, 우리 가족, 그리고 드레.
이런 이야기를 하는 게 훨씬 쉬워.

아빠가,
돌아가셨다는 말을 하는 것보다.

그 말을 입에 담으면
그 말로 한순간에 터져 나오면

나를 지탱하고 있던 게 무엇이든
와르르 쏟아져 버리겠지.

♦

집 전화가 울려 댔어, 온종일.

라틴아메리카 채널을 비롯한 전국 방송국과
신문과 잡지와 팟캐스트의 기자들
뉴욕 브롱크스와 도미니카에 있는 친지들
애도 그룹상담에 초대하는 주민회
특별 미사를 계획 중인 성당

전화벨이 울리고 또 울렸지.
엄마는 정제하지 않은 설탕처럼 거칠어진 목소리로
이 모든 전화에 답하고 또 답했지만

이제 우린 어떻게 하느냐는 질문에만은
대답하지 않았어.

♦

아무도 모르는 사실 하나.
누구한테 말하더라도 믿어 주지는 않겠지만

아빠가 그 비행기에 타기 전날 밤
나는 아빠에게 가지 말라고 애원할 뻔했어.

만일 그랬다면
아빠한테 내가 거의 1년 만에 제대로 건넨 말이 됐겠지.

내가 체스를 그만두고 아빠가 나를 체스로 되돌아가게 하려고 애쓴 이후로
그러니까 내가 밀봉된 봉투 속 증명서를 본 이후로
우리는 전처럼 살갑게 지내지 않았으니까.

아빠는 나 때문에 가슴이 아프다고 말했어.
나는 아빠 때문에 가슴이 아프다는 말을 한 적이 없어.

도미니카에서 아빠는 회계사였어. 숫자와 돈에 능통한 사람.
엄마를 만나 미국으로 와서 우리 가족의 삶을 시작하기 전에 말이야.
미국에서는 다이크먼 스트리트에 있는 당구장을 운영하는 데 온 힘을 쏟았지.

나는 미신이나 예감 같은 걸 믿지 않아.
집을 나설 때마다 성호를 긋는 아빠와 다르고
꿈 해몽을 하려 드는 엄마와도 다르지.

하지만 아빠가 도미니카로 떠나기 전 그 밤에는
어쩐지 심장이 덜컥 내려앉았고

아빠에게 가지 말라고 하고 싶었지만
결국 못 했어.

그날 밤 아빠는
내 방에 와서 잘 자라고 인사를 했어.
1년 넘게 하지 않던 행동을 한 거야.
내가 두 가닥씩 꼬고 있던 머리칼을 흐트러뜨리면서.

막 감고 난 머리를 아빠가 엉망으로 만드는 게 난 정말 싫었거든.
하지만 사실은 그립기도 했었는데

아빠가 내 손가락을 잡았어.
붙들리지 않으려 내가 손을 내리기도 전에.

"사업 때문에 어쩔 수 없다는 거 잘 알잖니."

아빠는 늘 9월의 내 생일 직전에야 돌아왔어.
매년 이맘때면 엄마는 몸이 뻣뻣해져서는 입을 꽉 다물었지.
운동화 끈이 운동화 혀를 꽉 조여 무는 것처럼.

아빠가 떠날 때가 다가올수록
엄마 아빠 사이의 틈이 깊어지는 게 보였어.

엄마는 아빠를 공항까지 태워 준 적이 없어.
공항까지 가서 배웅하고 싶다고 내가 아무리 졸라 대도 말이야.
엄마의 언짢은 기분을 풀어 주려는 농담을
아빠가 그만둔 지도 몇 년 되었네.

엄마가 지금 후회하는지 궁금해.
아빠의 마지막 며칠을
이곳, 집에서, 살아 있었던 마지막 며칠을
그렇게 보냈던 것을.

나는 아빠 말에 대답하지 않았어.
아빠는 떠날 때마다 사업차 가는 거라고 했지만
이제는 그게 거짓말이라는 걸 알았으니까.

아빠는 전등 스위치를 만지작거렸어.
"베야 네그라, 사랑한다. 우리 사이가 전과 같지 않다는 걸 알아.
그래도 아빠가 돌아오면 얘기를 해 봤으면 해."

거울로 아빠를 슬쩍 쳐다봤지.
손가락으로는 머리칼을 연신 꼬면서.

나는 뭔가 말하려 했지만
말은 나오려다가 도로 쑥 들어가 버렸고

아빠는 포기한 것처럼 고개를 흔들었어.
"내가 없는 동안 잘 있으렴, 네그라."

♦

한번은 나보다 나이 많은 아이들과 붙은 적이 있어.
내가 아직 체스 대회에 나가던 시절 이야기야.

내 기세는 대단했고 결승까지 진출했지.
우승은 내 거라고 확신했는데

상대의 함정에 빠져 오도 가도 못하게 되었어.
손이 부르르 떨리고 눈에는 눈물이 차올랐어.
초시계가 째깍거렸지만
나는 다음 수를 둘 수 없었어.

겨우 고개를 들었을 때
유리문 너머로 날 보고 있던 아빠는
눈을 깜빡이지도, 고개를 젓지도 않았어.

아빠는 아무것도 하지 않았지만 어쩐지 나는 알 수 있었지.

등을 곧게 폈어.
눈물을 닦고
내 킹을 넘어뜨렸어.*

집으로 돌아오는 열차에서 우리는 내내 말이 없었어.

열차에서 내릴 무렵
아빠는 아홉 살배기 나에게 이렇게 말했지.

* 체스에서 자신의 킹을 넘어뜨리는 것은 패배를 인정한다는 의미이다.

절대로
두 번 다시는
진땀 흘리는 모습을 상대에게 보이지 마, 네그라.

숨이 턱 끝에 차오를 때까지 싸워 보고,
경기를 내어 줘야 한다고 해도
네 미소까지 앗아 가게 두진 마.
네가 져 준 거라고 생각하게 하라고.

4일 후

뉴스입니다

강한 물리적 충격

충돌 순간 손상

검시관

신원을 확인할 수 없는

엄청난 힘이

형체를 알아볼 수 없는

확인되지 않은

치과 기록

법의학자에 의하면

문신

지문

치아

유류품

♦

영상을 봤어.

비행기는 창처럼 바다를 푹 찌르며 들어가고
물결은 환영하듯 양팔을 활짝 벌리며 올라오더라.

나는 기다렸어.

탑승객이 구명조끼를 입었다거나
아직 보고되지 않은 구명정이 있었다거나
처음의 판단이 틀렸다거나
수색대가 생존자를 찾았다는 뉴스를.

뉴스는 똑같은 말만 되풀이했어.
생존자, 발견되지 않음
사망자 수, 확인되지 않음

비행기가 가라앉은 곳은 36미터 아래.
잠수부들은 15분 간격으로 바다에 뛰어들어.
혹시 남아 있을지 모르는 것들을 건져 올리기 위해.

나는 엄마에게 퀸스로 가자고 말했어.
수십 명의 사람들이 이미 촛불을 켜 들고 그 해안가에 있다고 했어.

내가 품은 자그마한 희망은 터무니없는 것이었지.
그래도
나는 가야만 했어.

가능한 한 가까이 있으면, 내가 있으면
혹시라도 결과가 바뀌지 않을까 해서.

엄마는
터덜터덜 방으로 들어가
날카롭고도 단호한 딸깍— 소리로
내 요청을 묵살할 뿐이었어.

♦

아빠가 나를 체스판 앞에 앉힌 건
내가 세 살 때였어.

아빠는 참을성 있게 체스 말 하나하나를 설명해 주었지만
나는 모든 말을 앞으로 한 칸씩만 움직였지, 폰처럼.

내가 킹이야 어떻게 되든 말든
"조랑말이 좋아!"라며 나이트*만 지키려 들었다는 이야기를

얼마나 많이 들었는지 몰라.
아빠는 그 이야기 하는 걸 무지하게 좋아했거든.

(변명을 하자면, 세 살배기가 조랑말을 놔두고
무미건조하기 짝이 없는 킹을 아낄 이유가 없잖아?)

지루해하면서도 서서히
나는 패턴을 외워 나갔어.
체스의 시작과 끝
내 말을 움직이는 타이밍
상대의 말을 잡아야 하는 타이밍

어느새 나는 이 게임의 리듬에 흠뻑 빠져 있었지.
아빠한테 춤추는 법을 배웠을 때처럼
자연스럽게 몸에 익히게 되었어. 스텝과 패턴이 전부인걸.

* 말 머리 모양이다.

네 살이 되자
아빠가 집중을 덜하는 판은 내가 이길 수 있었어.

다섯 번째 생일날에는
단 여섯 수 만에 아빠를 이겼지.

그 후로 아빠는
지하철을 타고 나를 시내에 데려가
워싱턴스퀘어 공원의 꾼들과 붙였어.

그 사람들은 돈을 걸고 체스를 두는, 완전 사기꾼들이었는데
처음에 나를 보고는
이렇게 귀여운 꼬맹이를 어떻게 이기냐고들 했어.

하지만 아빠는 판 위에 20달러를 내놓았고
사람들은 이내 깨달았지.
그 꼬맹이가 아주 신중하게, 세 수 앞을 내다보는 꼬맹이라는 걸.

중요한 건,
아빠는 내가 이기는 걸 보며 무척이나 좋아했고
나는 그런 아빠의 모습을 엄청나게 좋아했다는 거야.

♦

아홉 살 때부터는
체스 대회에 나가기 시작했어.

9월부터 이듬해 6월까지
아빠는 내 경기를 단 한 번도 놓친 적이 없었어.

체스 팀 모임이 늦게 끝날 때마다
나를 데리러 오면서 불평 한마디 없었지.
특별 레슨비에 대해서도 그랬고.
아빠는 틀림없이 다른 데서 지출을 줄여야만 했을 거야.

2년에 한 번씩 아빠는 새 장식장을 손수 만들어
내 트로피와 명판을 올려 두고 훈장과 상장을 꽂아 뒀어.

"베야 네그라, 넌 언제나 이길 거야."
그래서 난 언제나 이겼어. 아빠를 위해.

그럴 수 없게 되기 전까지는.
그래야만 하는 이유나 계속해 나갈 방법을
알 수 없게 되기 전까지는.

♦

체스를 사랑했냐고?

체스를 두었지.
그러니까 사랑했냐고?
뷰티 영상 보는 시간을 사랑하는 것처럼?

사랑,
드레가 내 말에 웃는 소리가 베수비오 화산이 터지듯
나를 뼛속까지 뒤흔들고 휘젓는 순간을 사랑하는 것처럼?

사랑,
엄마가 망구*와 살라미로 아침을 준비할 때
풍겨 오는 냄새를 사랑하는 것처럼?

혹은 호르헤 삼촌이 내 손을 잡으며
내가 자랑스럽다고 말하는 걸,
내가 이겨서가 아니라 그냥 내 존재가 자랑스럽다고 말하는 걸
무척이나 사랑하는 것처럼?

아니면, 아빠에 대한 나의 사랑 같은 그런 사랑?
강렬하고, 거대하며, 다른 여지가 없는,
때로는 나를 내가 아닌 존재인 척하게 만드는 그런 사랑?

나는 체스를 두었고
이기기 위해 사력을 다했지만
사랑한 적은 없었어.

* 도미니카에서 주로 아침 식사로 먹는 요리.

♦

엄마는 내가 어엿한 숙녀가 되길 바랐어.
곧은 자세로 발목을 포개고 앉아
보호 본능을 자극하는 여성.

아빠는 내가 리더가 되길 바랐어.
판단이 빠르고 때로는 엄정하며
말수가 적지만 누구든 그 말에 귀 기울이게 하는 리더.

나?
체스를 하다 보니
퀸이라면 둘 다 될 수 있다는 것을 깨달았지.

치명적이면서도 우아하고
침착하면서도 무자비하며
조용하면서도 교활한

퀸은
손을 내밀어 키스를 받을 수도
그 손으로 주먹을 쥘 수도 있어.
처음부터 끝까지 내내
미소를 잃지 않으면서 말이야.

하지만 이 모든 게
게임에서나 통하는 얘기라면?

현실에서의 나는
숙녀로도 퀸으로도
챔피언으로도 도전자로도 여겨지지 않아.

그저 모두가
게임에서 제외시키고 싶어 하는 여자아이일 뿐.

♦

나는 늘 도미니카에 가 보고 싶었어.

해마다 도미니카로 떠나는 아빠에게
해마다 같이 가도 되냐고 물었어.

아빠는 늘 안 된다고 했어.
일이 바빠서일 거라고만 생각했어.
꿈에도 몰랐지.
내게 보여 주고 싶지 않은 무언가가 있으리라고는.

다섯 살 때부터 엄마는 내게 확실히 말해 뒀어.
내가 그 섬에 발 딛게 두는 일은 없을 거라고.
만약 지구에서 살 수 있는 땅이 그곳뿐이라고 해도 말이야.

엄마 친척들이 여전히 살고 있는 그곳에
엄마는 한 번도 다녀온 적이 없어.

나는 그저 엄마에게 안 좋은 기억이 있나 보다 했지.
그러고 보니
나는 너무 혼자서만 많이 생각했구나.

부모님이 딱 내게 보여 주는 것만 보아 왔구나.

상상도 못 했어.
부모님도 거짓말을 하는 평범한 인간이라는 걸.
진실을 얼마든지 숨길 수 있다는 걸.

서로에게
그리고 내게도 말이야.

올해는 묻지 않았지.
아빠 맞은편에 앉고 싶지도 않았어.
함께 체스를 두고 싶지도
함께 밥을 먹고 싶지도
카리브해로 가는 그 여정에 같이 가도 되냐고 묻고 싶지도 않았어.

이미 알고 있었으니까.
알아야 하는 것보다 더 많이.

아빠가 내게 무슨 말을 할지,
무슨 말을 하지 않을지.

♦

나는 뼛속까지 도미니카 사람으로 자랐어.
도미니카에서 쓰는 스페인어가 내 모국어고
바차타는 내 몸이 지닌 힘을 떠올리게 해.
오랫동안 플랜틴*과 살라미를 먹다가
피넛버터 샌드위치의 맛은 나중에야 알았지.

누가 내게 어디 출신이냐고 묻는다면
나는 도미니카 사람이라고 답할 거야.
망설이지 않고. 의문의 여지 없이.

하지만 그게 가능한 걸까?
한 번도 가 보지 못한 곳의 출신이라는 게?

나에겐 그 나라의 흔적이 가득하지만
만약 내가 그곳에 간다면
거기서 나는 어떤 존재일까?

나를 품어 본 적 없는 곳을 고향이라고 말할 수 있는 걸까?
아니, 우길 수 있는 걸까?

* 바나나의 한 종류. 단맛이 적어 요리용으로 쓴다.

아빠는 손가락 하나가 짤막했다.
7월의 어느 날 마체테가 미끄러지는 바람에
손가락 끄트머리가 잘려 나갔다.
뒷마당에서 내게 망고를 잘라 주던 참이었다.

손톱이 있던 자리의 피부는
아빠가 두곤 하던 마호가니 체스 말처럼 거무스름했다.

(아빠는 내게 체스를 가르치려 애썼지만
나는 체스판에 바비 인형도 꼭 끼워 줘야 한다고 고집을 부렸다.)

사람들은 아빠와 악수를 하기 전까지는
아빠의 손가락 끄트머리가 없다는 걸 눈치채지 못했다.
손을 잡고 나서야 집게손가락이 짧다는 걸 알았다.

아빠는 숨기려 하지 않았다.
두꺼운 금반지를 여러 개 낀 채
말할 때마다 이런저런 손짓을 하고
잘려 나간 손가락을 위로 오게 해서 시가를 피웠다.

아빠의 나머지가 방을 꽉 채우곤 했다.
없어진 부분이 있다고 알아채기란 어려웠다.

없어진 게 아빠일 때만 빼고는.

바람 빠진 것 같은 나날이 계속되었다.
마치 아빠가 비행기를 타고 하늘로 날아오를 때
세상의 모든 공기를 다 가지고 간 것 같다.

♦

생존자 없음
생존자 없음

생존자는 없다.
헛된 희망이었다.

이모가 나를 끌어안았다.
키가 작은 이모 위로 내가 우뚝 솟았다.
이모의 흰 헤드랩이 내 뺨에 부드럽게 닿는다.

이웃들이 집 안으로 쏟아져 들어온다.
마치 우리의 슬픔이 끝없는 목마름이어서
신께서 사람들로 가득한 주전자를 기울여 주기라도 하는 듯이

집 안 가구를 모두 뒤로 밀고 기도를 시작한다.
묵주를 한 알 한 알 손가락으로 굴리면서
은총이 가득하신 마리아님 기뻐하소서.

성모송 쉰 번, 주기도문 다섯 번, 영광송 다섯 번.
이모의 입에서 기도가 밀려 나온다.
나는 몸을 앞뒤로 흔들흔들하며 이모를 따라 한다.
기도가 내 온몸을 흠뻑 적실 때까지

나중에 이모는 뒤쪽에 있는 제단에서
혼자서도 기도드릴 것이다.
그 제단은 이모가 개오지 조개껍데기를 두는 곳이자
성자들로부터 우리가 나아가야 할 길을 들어 알게 되는 곳이다.

성자들은 잘 알고 계신다.
대서양을 건너 날아오던 사람들이
살아남지 못했다는 사실을.

믿음을 차곡차곡 쌓는다, 우리를 곧게 세우는 척추처럼.
믿음은 우리의 입과 가슴과 귀를 채울 말들을 내어 준다.

어쩌면 기도에 응답해
아빠를 집으로 데려와 주시지 않을까.

♦

아빠와 엄마는 어릴 때부터
이곳 도미니카 소수아에서 같이 자랐다.
엄마 아빠는 이곳의 사람이었고, 서로의 사람이었다.

커 가면서는 자연스레 조금씩 멀어졌다.
이모가 말하기로는 그랬다.
이모는 동생이 길 건너편 어떤 남자애를
어찌나 곁눈질해 댔는지 모른다고 말했다.

어느 날 말레콘에서 엄마 아빠는 다시 만났다.
해변에 앉아 대학 친구와 수다를 떨고 있었던 엄마는
아빠가 다가오는 걸 보고 머리를 매만졌다.
아빠는 셔츠 매무새를 다듬으며 걸어왔다.

엄마 친구가 새초롬하게 아빠에게 손을 내밀자
엄마는 웃었다. 아빠는 깜짝 놀란 듯했다.
엄마는 친구가 의기양양한 태도로 아빠에게 추파를 던지는 걸 지켜보았다.

아빠는 엄마에게 슬며시 미소를 지어 보이고는 몰래 윙크했고,
엄마 친구에게 잡힌 손을 빼내고는 엄마에게 내밀었다.
아빠의 진심이 그 안에 있었다고, 엄마는 말했다.

친구는 아빠에게 완전히 넘어간 듯 보였지만
엄마가 말하길 아빠의 눈은 오직 엄마를 향해 있었다고 했다.

그때 엄마는
자신이 평생 아빠만 사랑하게 되리라는 것을
알았다고 말했다.

♦

엄마가 열에 시달리던 날
이모는 다른 집에 불려 가 있었다.
그곳 역시 뎅기열이 덮친 집이었다.

나와 엄마, 둘뿐인 집에서
나는 엄마의 이마를 물수건으로 닦으며 기도했다.

집에 돌아온 이모는 곧장 전화기로 향해
아빠에게 전화를 걸었다.

온갖 치료법을 아는 이모는
때로는 병원에 가는 게 최선이라는 것 역시 알고 있었다.

엄마는 거부했다.
구급차 부르는 비용이 너무 비싸다고 했다.
마테오 아저씨가 차를 태워 주겠다고 했지만
엄마는 아저씨한테 뎅기열을 옮길까 걱정했다.

엄마는 우리가 너무 수선을 떤다고 했다.
말하는 것조차 힘든 상태였으면서도.
아빠가 보낸 돈이 너무 늦게 도착한 것도 도움이 안 됐다.

엄마는 이틀 후 돌아가셨다.

내가 더 할 말은 없다.
거의 10년이 다 되어 간다, 엄마가 돌아가신 지도.

이모는 나와 늘 함께 살았다.
최선을 다해 내 엄마가 되어 주었다.
몇몇 이웃은 이를 당치 않다고 여겼다.

하지만 엄마가 살아 계실 때도
이모는 내 마음속에서 또 다른 엄마였다.
내가 넘어져 엉덩방아를 찧으면 노래를 불러 주는 엄마.
나아라, 얼른 나아라, 개구리 엉덩이.*

아빠가 오면
엄마에 관한 이야기를 들려주곤 했다.
갈색 피부의 자그마한 엄마가 얼마나 아름다웠는지.
엄마가 리조트에서 얼마나 열심히 일했는지.

아빠는 첫 데이트 이야기도 들려주었다.
아빠에게 엄마를 떠올리게 하는 노래도.

내 머릿속은 나만의 기억이 아닌,
나를 위해 채색된 기억으로 가득 차 있다.

고아가 된 기분은 한 번도 든 적 없다.
이모가 내 뒤를 졸졸 쫓아다니며 내 손을 찰싹 치기도 하고
내 눈물을 닦아 주고 엄마가 할 법한 이야기들을 해 주었으니.

* '엄마 손은 약손'과 비슷한 의미를 지닌 동요의 가사.

아빠가 멀리 떨어져 있어도 그런 기분은 든 적 없었다.
매주 전화를 하고 영상통화도 하는 아빠의 존재감이
집을 꽉 채우고 있었으니까.

여름에 아빠가 오기 때문에
크리스마스가 반년마다 오는 것만 같았다.

비로소 오늘에서야
나는 처음으로 고아가 된 기분이다.

만으로 열일곱 살이 되기까지 두 달이 남았고
이제 나에겐 부모님이 없다.

온통 걱정에 휩싸인 이모뿐.
이모도 나도 알고 있기 때문이다.
아빠가 없으면, 아빠의 존재 없이는
우리가 알던 예전의 삶이 끝나 버린다는 것을.

♦

카를리네가 문자메시지를 보냈다.
내 친구가 일하는 중이라는 걸 알았다.
카를리네가 와이파이를 잡을 수 있는 유일한 장소는 리조트니까.

어떻게 지내냐는 말에 대충 답했는데
괜찮다는 내 말이 영 못 미더웠나 보다.
밤 아홉 시도 넘은 시간에 카를리네가 우리 집으로 왔다.

퉁퉁 부은 발을 끌다시피 하며 들어온 카를리네의 눈 아래엔
피곤한 기색이 잔뜩 묻어 있다.
그래도 내 친구는 여전히 아주 멋졌고
나는 그렇게 말해 주었다.

"아, 카미노, 그런 소리 마.
지칠 대로 지쳐 보이는 거 잘 알고 있거든.
배 속의 이 꼬맹이가 밤새 난리를 치며 놀아.
게다가 매니저가 오늘 어찌나 부려 먹던지, 완전 녹초야."

그래도 제대로 된 일자리였다.
여섯 달 전 카를리네는 임신 사실을 알고
두 마을 건너 학교에 다니는 것을 그만두었다.
카를리네가 리조트에서 일할 수 있도록
우리 아빠가 도와주었다.

쉬엄쉬엄 일하라고 말하고 싶지만
가족 모두 일을 해야 겨우 먹고사는 형편이다.

카를리네의 남자친구인 넬손은 최선을 다하고 있다.
야간 수업을 들으면서 일도 두 가지를 한다.
아직 열아홉 살밖에 되지 않았는데.

이모가 카를리네 앞에 생선을 놓아 주었다.
카를리네는 능숙하게 살을 발라 먹고
뾰족한 생선 뼈만 깔끔하게 남겨 놓았다.

다 먹고 난 카를리네가 다리를 쭉 뻗었다.
나는 카를리네의 머리를 가닥가닥 땋아 주었다.

너무 많은 것이 변했다.
1년 전만 해도 우리는 이렇게 앉아
남자애들, 앞으로의 꿈, 우리가 어떤 사람이 될 수 있을지에 대해 속삭였는데

이제는 둘 다
시시각각으로 변해 간다.

카를리네는 나를 위로해 주러 왔지만
결국 내가 위로해 주는 사람이 되었다.

담요를 둘러 주고
꾸벅꾸벅 조는 카를리네의 머리를 조심스럽게 마저 땋았다.
카를리네가 아침에 조금 더 잘 수 있도록.

내가 할 수 있는 한 최선을 다해
카를리네를 돌봐 준다.
카를리네가 돌봐 줘야 할 아이가 태어나기 전에.

그러다
내게는 돌봐 주는 부모님이 없다는 걸 떠올린다.

아무 일도 일어나지 않았다는 듯 학교에 다니고 있다.
딱 하루, 단체로 묵념하는 시간을 가졌다.
대부분의 아이들이 나한테 미국에서 돈을 보내는 아빠가 있다는 사실을 안다.

나는 학교에서 특이한 편에 속했다.
엄마 아빠가 다 계신 것도 아니고
사무직 종사자의 아이도, 백인 사회의 구성원도 아니었다.

이 학교에서
피부색이 비교적 밝은 편이고 부유한 학생들은
공장주의 아이거나 미국 외교관의 아이였는데
나는 그것도 아니었다.

나는 킨세아녜라*를 컨트리클럽에서 치르지는 못했다.
나는 애매하게 미국인 언저리에 있었다.
아빠가 교복을 사 줄 정도의 돈을 버는, 아니 벌었던 아이.

연례 모금 행사에 기부를 하거나
해외여행을 보내 주거나
나에게 크리스마스 선물로 새 차를 사 줄 정도는 아니었다.

아빠는 분기마다 딱 수업료를 낼 정도로만 돈을 보냈다.
깜빡해서 내가 들들 볶아야 할 때도 있었다.

* 라틴아메리카 문화권에서 여자아이가 열다섯 번째 생일에 치르는 성인식.

수업료 고지서가 어김없이 나왔고
이제 나는 교실에서 말이 없다.
손을 들거나 나서지 않는다.

이모가 잠든 후에도 나는 밤늦게까지 숙제를 한다.
아침에 학교 가는 버스에서는 기말고사 공부를 한다.
아빠가 돌아가셨어도 달라진 것이 전혀 없는 양 행동하고 있지만
과제를 모두 제출하면 내 계획이 실현될 것이라는 듯 책상에 앉아 있지만

가을에는 학교에 돌아오지 못할 수도 있다는 것을 안다.

꿈이란 머리카락에 걸린 솜털 조각 같다.
잠시 눈에 띄지만 결국에는 날아가거나
긴 손가락에 의해 떨려 나가고

나는 다시
모두가 예상하는 그대로의 모습으로
남겨진다.

♦

나를 세상에 있게 한 사람들이
더 이상 이 세상에 없다.
할아버지와 할머니, 엄마와 아빠.

이모, 그리고 뉴욕에 사는 삼촌이
내게 남은 유일한 혈육이다.
같이 살 사람도 도와줄 사람도 없다.
이모는 나이 들어 가고…….

내가 괜찮은지를 궁금해하는 상담 선생님에게 불려 갔을 때
수업료를 못 내면 어떻게 되는지를 물었다.

장학금 제도가 있지만
한 학기 전에 신청서를 냈어야 한다고
지금은 장학금을 받을 사람이 다 정해졌다고
그렇지만 만일 최악의 상황이 된다 해도 학교에서는 방법을 찾아내어
나를 내년 봄 학기에 편입시켜 주려 할 거라고
잘될 거라고, 그저 해결하는 데 시간이 좀 걸릴 수 있을 뿐이라고
선생님은 말했다. 미안한 듯 살짝 웃으면서.

졸업이 늦춰질 것이다.
대학 진학도 늦춰질 것이다.
내가 이곳에서 살아야 하는 시간이 한참 더 길어진다는 뜻이다.

♦

카를리네가 쉬는 날 나를 끌고
집 밖으로 나갔다.

우리는 해변이 아니라
1킬로미터 넘게 떨어진 상점가로 향했다.
관광객들이 수영복이나 얼굴 없는 인형이나
조개껍데기로 만든 기념품을 사는 곳이다.

카를리네는 발이 퉁퉁 부은 채 숨 가빠하면서도
바람을 좀 쐬고 싶었다고 말했다.
하지만 사실 카를리네는 내가 기분 전환을 했으면 하는 거다.
세심한 카를리네가 학교에 계속 다녔다면
훌륭한 의사나 간호사가 되었을 것이 틀림없다.

우리는 상류층 아가씨인 척
상품이 진열된 유리창을 이리저리 들여다봤다.

그런 아가씨라면
수영복 위에 근사한 겉옷만 걸치고
식료품 가게의 외상값을 모두 갚을 수 있을 만큼 비싼 플립플롭 차림이었겠지만.

더 오래 걸을 수는 없어
카를리네를 아이스크림 가게로 데려갔다.
불평 한마디 없었지만 카를리네가 힘들어한다는 걸 알 수 있었다.

주머니에는 몇 푼이 고작이었지만
작은 아이스크림 컵 하나씩을 살 생각이었다.

계산대의 여자 점원은
카를리네를 한번 보고 나를 한번 보더니
동전을 내미는 내게 손을 내저었다.
윙크와 함께 점원이 건넨 건 스프링클까지 뿌려진 아이스크림.

울고 싶어졌다.
우리에게 작은 선물을 베풀 만한 이유를 발견한
낯선 이의 친절에.

내 고향의 이 일상적인 친절에.

여길 언젠가 떠날 수 있다고 치더라도
그곳에서 내가 견딜 수 있을까?

상한 우유가 응어리지듯
그런 생각이 자리를 잡는다.

♦

카를리네와 팔짱을 끼고 집으로 돌아간다.
아이스크림 때문에 끈적해진 손가락을 보니 여섯 살로 돌아간 기분.
꼭 이렇게 우리가 함께 보낸 무수한 날들이 있었다.

여기저기 구경하며 다른 삶을 상상해 보던,
그러다 옆을 보면 서로가 있던 날들.

엄마가 돌아가신 후
아빠는 나를 국제학교로 보냈지만
카를리네와 나는 학교 밖에서 여전히 친구였다.

이모는 일이 있으면 나를 카를리네 집에 맡기곤 했다.
카를리네 부모님이 아이티*에 갔다 올 때는
카를리네가 우리 집에 와 있기도 했다.

그래서 우리는
서로의 침묵이 말하는 이야기를 들을 수 있다.

카를리네의 침묵은 내게 말한다.
카미노, 무서워. 배 속 아기가 태어날 거야.
카미노, 내 일이 싫어. 매니저가 엉덩이를 꼬집고
울고 싶을 때도 웃어야 하는 곳이야.

내 침묵은 카를리네에게 말한다.
카를리네, 알아, 알지. 잘 알아.

* 아이티와 도미니카는 국경을 맞대고 있다.

카를리네, 우리는 어디로 가는 걸까? 안전한 피난처는 어디일까?
우리가 함께 그곳까지 갈 수 있을까?
등에 가족을 짊어진 채로 우리가 갈 수 있을까?

아주 잠시만
나는 걱정을 뒤로하기로 한다.

내 침묵이 세상을 향해 말한다.
날 내버려 둬. 나를 좀 내버려 두라고.
우리는 해낼 거야. 괜찮을 거야. 장담해. 어떻게든 우리는,
살아남을 거야.

내가 학교에 빠진 건 딱히 비밀도 아니야.

지난 2주일 동안 가다가 안 가다가 했지.
다시 학교에 나갔을 땐, 어쩌다 보니 기말고사 기간이더라.

선생님들의 말은 허공에서 맴돌 뿐
무얼 언제까지 해야 하는지 누구에게 제출해야 하는지
귀에 들어오지 않았어.

가짜 세상에 있는 것만 같았어.
그 어떤 것도 현실로 와닿지 않았어.

어떻게 이제 곧 여름방학이라는 거지?
셰익스피어의 『템페스트』에 관해 감상문을 쓰라고?
후버 대통령 재임 시절을 분석하는 게 무슨 소용이람?
삼각법 시험은 또 어떻고?

이 중 하나라도
기체의 결합을 설명해 줄 수 있는 게 있나?

어느 것 하나라도
숨 쉬는 걸 조금 나아지게 해 주나?

나는 창 너머 화창한 6월 중순의 하늘을 빤히 바라보았어.
아빠는 매년 6월부터 9월까지— 떠나 있었지.

요즘 같은 나날을 견딜 유일한 방법은
어쩌면 가을엔 아빠가 돌아올 거라고
스스로를 속이는 것뿐일지 몰라.

♦

해야 할 일을 놓아 버린 건 나만이 아니었어.
엄마는 출근을 하지 않았어. 2주 내내.

어젯밤엔
엄마가 일하는 스파숍의 사장이
집으로 전화해 음성 메시지를 남겼지.

오늘 아침
나는 엄마를 깨워서
머리를 빗어 포니테일로 묶어 줬어.

여기저기 벗어진 매니큐어를 싹 지운 뒤
예쁜 분홍색 매니큐어를 새로 칠해 준 뒤

억지로 원피스를 입혔지.
원피스는 전보다 훨씬 헐렁해져 있었어.

엄마 손에 핸드백을 쥐여 주고
택시를 불러 태우면서 말했어.

"가요, 엄마. 뭐라도 해야 해.
엄마 일을 엄마보다 더 잘할 사람은 없잖아."

엄마는 차에 올라타면서도
서글프게 고개를 가로저었어.

그런 엄마의 모습은 낯설었어.
엄마는 늘 단정하게 준비된 스파숍 매니저였는데.

나는 택시가 모퉁이를 돌아 나갈 때까지 지켜보았어.

그 뒤를 따라 달리고픈 충동을 눌러 참으며.
엄마를 불러 애원하고픈 충동을 꾹 눌러 참으며.

돌아오라고
가지 말라고
나를 절대로 떠나지 말라고.

♦

나는 시계에 익숙해.
시간을 이용해 승부를 내지.

손바닥으로 잽싸게 타이머를 누르는 것도 익숙한 일이야.
꼭 신만이 시간을 통제할 수 있는 건 아니지.

비행기는 너무나 빠르게 추락했대.
구명조끼를 입을 시간도
비상 탈출 계획을 실행할 시간도
없을 만큼.

거의 수직으로 떨어지는 바람에
기수를 재조정할 틈도 없었고
구조 작업을 때맞춰 시작할 수도 없었다고.

수색대가 비행기의 꼬리 부근에 도착했을 때는
바닷속으로 가라앉은 지 몇 시간이나 지나서였대.
추락 시점의 충격만으로도 이미 모두…… 죽었겠지만.

아무도 밖으로 나오지 못했어.
문은 결국 열리지 않았어.
산소마스크는 채 떨어지지도 못했다고.

학교에 가는 날이면
여지없이 상담실로 가야 했어.
나는 상담 선생님에게 할 말이 없었어.

어떻게 지내냐니?
바보 같기 짝이 없는 질문이지.

어떤 날엔 잠에서 깨면 손바닥에 푹 파인 자국이 나 있어요.
자는 내내 주먹을 꼭 말아 쥐어서 생긴,
손톱이 살을 파고들며 남긴 자국이죠.
잠에서 깼을 때 손바닥에 아무런 자국이 없는 날이면
저 자신한테 화가 치밀어요.
이 깊은 슬픔은 끊이지 않아야만 하니까요. 잘 때조차도.

이런 말을 선생님에게 하지는 않았어.
아무 말 없이
선생님이 내미는 작은 민트 껌을 받아 씹으며
종이 울리기만을 기다릴 뿐.

♦

오늘처럼 학교에 가지 않는 날엔
여전히 드레네 집으로 가. 드레가 집에 없을 때라도.

드레의 엄마인 존슨 박사님은 내 어깨를 감싸며
천천히 시간을 가지라고 말했어.

박사님이 얼마 전 종강을 해서 집에 있거든.
몇 주간은 여름방학 강의가 없다고 했어.

드레가 집에 오길 기다리면서
거실 서가의 책을 정리하기로 했지.

간단해.
먼저 장르별로 분류한 다음
알파벳 순서로 식탁 위에 늘어놓는 거야.

이 동네로 처음 이사 왔을 때부터
박사님은 내게 책을 참 많이 빌려줬지.

게임도 와이파이도
엄마가 빵을 굽다가 모자랐던 설탕 한 컵도
빌려주었어.

시간을 빌릴 수는 없을까?
아니면 공간을
아니면 해답을, 빌릴 수만 있다면.

이런 말을 하자
박사님은 내 손을 토닥거렸어.

“얘야, 그냥 마음껏 슬퍼하렴.
네게 상처를 주는 것으로부터 도망칠 순 없어.
도망가면, 슬픔은 두려워하는 낌새를 알아차린 개처럼
날카로운 이를 드러내며 계속 쫓아올 거야.”

나는 계속 책을 쌓았어.
순서대로
합리적으로
안전하게

♦

저녁에 집에 돌아온 엄마의 얼굴을 살폈어.
엄마는 아침에 집을 나설 때처럼 반짝반짝 윤이 났어.
하지만 핸드백을 건네는 손은 힘없이 떨리고 있었어.

엄마는 별말이 없었지만
오늘 하루 웃어 보이기 위해
얼마나 힘을 들였을지 충분히 짐작되고도 남았어.

여섯 시에는 애도 그룹상담에 가야 했어.
지역 주민회에서 우리를 초대한 게 벌써 세 번째였거든.
스페인어를 하는 상담사와 사제가 있다고 했어.

엄마가 내 손을 꼭 잡았어.
엄마의 창백한 뺨이 더 창백해졌지.

방은 꽉 차 있었어.
누가 입을 열기도 전에 몇몇이 조용히 흐느꼈어.

음소거를 한 티브이처럼
방 안 가득 고통이 윙윙거렸고
꺼 버릴 수 있는 버튼은 없었어.

상담사가 상실의 고통에 대해 물었어.
나는 이 말을 스페인어로 뭐라고 해야 하나 고민했어.

'나는 품위를 지키며 패배했습니다.'

여러 번, 여러 가지 실수를 저지르며
나는 패배했어.

엄마와 내가 상대한 것은 누구였을까?
신이 이긴 건가?
아빠가 진 건가?
적어도 우리가 졌다는 건, 분명히 알아.

이 승부에 걸려 있던 것은
어째서 그렇게까지 어마어마했던 건지.

모두 빙 둘러앉았어.
어떤 남자는 부모님이 그 비행기에 탔다고 말했어.
두 분은 은퇴하고 산토도밍고*로 돌아가는 길이었대.

허리까지 내려오는 긴 머리의 젊은 여자는
남편이 해외로 파병을 갔다가 돌아온 지 얼마 되지 않았다고 했어.
남편은 여동생의 집에 가던 길이었대.
20년 만에 처음으로 고향에 가던 길이었다고.

할머니 집으로 가던 어린 여자아이에 관한 이야기도 들었어.
신혼여행을 떠났던 젊은 부부 이야기도.

방 안에 맴도는 사연들은
벽에 걸려 반짝이는 꼬마전구처럼
팔을 뻗으면 손에 닿을 것만 같았어.

* 도미니카의 수도.

그 비행기에 탄 사람의 대부분은
어떤 식으로든 도미니카와 연결되어 있었어.
모두, 돌아가는 길이었지.

엄마가 말할 차례였어.
엄마는 나지막한 목소리로 담담하게 말했어.

"남편은 매년 여행을 다녀왔지요.
아침에 일어날 때마다
남편을 다시 잃는 것 같은 느낌이에요."

가슴에 화가 치밀어 소용돌이쳤어.
고통이 엄마를 집어삼켜 버릴 것만 같아.

그리고 처음으로 궁금해졌어.
엄마는 이제 내가 아는 사실을 알게 될까?

엄마가 상처받을까 봐 두려워서
이 비밀이 우리 삶에 퍼부을 변화가 두려워서
내가 1년이 넘도록 차마 말하지 못한 비밀을?

만약 엄마가 끝내 모른다면
우리 가족 중에서 아빠의 비밀을 아는 사람은
영영 나밖에 없게 되는 걸까?

이제 내 차례였어.
볼 안쪽을 깨문 채
그저 어색한 미소를 지으며 어깨만 으쓱했지.

그룹상담에 다시는 가지 않기로
엄마와 나는 무언의 합의를 봤어.

그곳에서 느낀 감정들이
우리 안에 가까스로 남아 있던 빈 곳을 다 차지해 버려서
더는 남은 공간이 하나도, 하나도, 하나도
없었거든.

♦

엄마와 나는 함께 저녁을 차렸지만
결국 손도 대지 못하고 치운 뒤
설거지를 하던 참이었어.

예전에 체스를 가르쳐 주던 루블린 선생님에게 전화가 왔어.
엄마가 전화기를 건넬 때 내 손은 거품투성이였지.

선생님의 목소리는 다정하게 위로하는 투였어.
팀에 새로 들어온 아이가 저보다 훨씬 어린 아이에게 졌을 때 선생님이 쓰던 바로 그 말투.

"야아이라, 우리 모두 너를 생각하고 있단다."

선생님과 나는 2년 동안 함께했어.
체스 팀을 그만둘 때 선생님은 놀라지 않더라.
내가 체스에 진심은 아니었다는 걸
이미 알고 있었다는 듯이.

복도에서 마주칠 때마다
선생님은 나를 향해 미소 지었어.
연습 시간에 잠깐 놀러 오라고 말하기도 했지만
다시 팀에 들어오라고 부담을 준 적은 한 번도 없어.

선생님 목소리를 듣는 순간
꽉 쥐어짠 스펀지처럼 심장이 옥죄어 왔어.

물이 가득한 싱크대에 지금 이 전화기를 떨어뜨리면
거품 위로 떠오를까, 아니면 바닥으로 가라앉을까?

물은 어떻게 어떤 물체의 외곽을
빈틈없이, 순식간에 둘러싸는 법을 알까?

물에 빠졌던 전화기를 건져 따뜻한 밥 속에 넣어 두면
다시 살아나 벨이 울릴까?

식탁에서 쳐다보는 엄마의 눈빛이 따가웠어.

"감사합니다, 선생님."
나는 선생님의 친절한 말에 응답했지.

죽음이 나를 이렇게도 예의 바른 아이로 만들 줄
누가 알았겠어?

♦

우리 집엔 커버를 씌운 가죽 소파가 있고
창문엔 주름이 많은 커튼이 달려 있어.
엄마는 계절마다 장식을 바꿨어.
뒤쪽 작은 마당에선 여름이면 바비큐 파티를 열곤 했지.

내 친구들 대부분의 집과 달리
우리 아파트는 엄마 아빠의 공동 명의로 되어 있어.
두 분은 이 집을 보자마자 샀대.

그때 엄마 배 속엔 내가 있었고
아빠가 여왕님들에겐 궁전이 필요하다며
이곳 모닝사이드하이츠로 오자고 했다는 거야.

점점 더 긴 시간을
비상계단에 앉아 보내고 있어.
그저 숨을 좀 돌리고 싶어서.

요즘의 우리 집 현관문은 꽉 막힌 목구멍 같아서
나를 내뱉지 못하거든.

궁전이 아니라
한 남자를 기리는 거대한 제단 같아.
내셔널 지오그래픽에 나올 법한 성지 같은 곳.

집 자체가 살아 있는 슬픔이나 다름없어.
한밤중에 엄마가 서성이면
마룻바닥까지 흐느껴 우는 곳.

토요일이네.
오후 세 시가 넘었구나.
나는 침대에 누워 있어.

초인종이 울려.
엄마가 나가 보겠지.

발소리가 들려.
부드럽게 내딛는 저 소리는
호르헤 삼촌이나 엄마의 발소리는 아니야.

방문 밖에서 속삭이는 소리가 들려.
적어도 두 사람이 집에 온 거야.

엄마의 떨리는 목소리와 좀 더 확고한 다른 목소리.
그리고 내 방문이 열리는 소리.

나는 여전히 눈을 감고 있어.
만약 강도가 들어온 거라면 죄다 훔쳐 가 버리면 좋겠네.
내 가슴을 짓누르는 이것까지도.

운동화 소리가 바닥을 울려.
침대에 누가 앉는 게 느껴져.

"일어나 봐." 드레가 말했어.

존슨 박사님과 함께 온 게 분명해.
혼자였다면 창문으로 곧장 왔을 테니까.

내 생각이 맞았어.
목이 멘 엄마의 말소리 사이사이로
박사님의 차분한 목소리가 들려.

드레가 나를 양팔로 껴안네.

아빠가 돌아가신 후
처음으로
누군가에게 안겨 보는 거야.

♦

드레가 서랍장 위에서 아세톤 병을 집어 들었을 때
깜짝 놀랐어.
드레 손톱에 있는 거라고는 흙 자국뿐인데?

하지만
드레가 신경 쓴 건 자신의 손톱이 아니었어.

드레는 작은 솜뭉치를 꺼내
내 매니큐어를 하나하나 지우기 시작했지.

나는 그제야 깨달았어.
손톱을 물어뜯은 탓에 내 매니큐어가 엉망이라는 사실을.
바로 어제 내가 엄마한테 똑같이 해 줬으면서도.

열 개의 손톱이 모두 깨끗해지자
드레는 매니큐어를 새로 발라 주었어.

나는 드레 얼굴을 와락 붙잡았어.
드레의 두 눈은 평온했어.

내 오랜 소울메이트.
언제나 그랬지.
나를 늘 살펴 주었어.

눈물을 꾹 눌러 참으며
드레에게 키스했어.

♦

신원 확인 완료.
아빠가 웃을 때마다 보이던 금이빨도 확인되었대.

오후 4시 5분
호르헤 삼촌과 마벨 숙모가 도착했어.

사촌 윌손과 엄마의 동생인 리디아 이모가
오후 4시 32분에 도착했고

당구장에서 일하는 아빠의 사촌들이
오후 5시 12분에 도착했어.

음식을 들고, 성경을 들고
이마에는 걱정 주름을 잔뜩 잡고서.

음악 없이,
남자들은 거실에서 조니워커를 홀짝였어.

엄마와 리디아 이모가 안방으로 기도를 하러 가자
마벨 숙모가 이런저런 일을 하겠다고 나섰어.
엄마가 할 수 없었거나 하기 싫어 한 일들을.

사촌에게 전화해 꽃을 해결하고
어릴 적 이웃에게 전화해 관 가격을 흥정하고
몇 블록 떨어진 곳에 있는 성당에 전화해
일주일 동안 아침 미사 때 아빠 이름으로 기도해 달라고 하고
엘 디아리오 신문에 전화해 부고 기사를 내 달라고도 했지.

숙모는 도미니카에 있는 친척과 통화하면서는
한참을 말이 없었어.

윌슨은 항공사와 통화 중이었어.
우리가 유류품을 언제쯤 찾아올 수 있는지 알아보느라.

이윽고 엄마가 거실로 나왔어.

눈물 자국이 사라진 엄마의 눈은 매서웠어.
아빠의 유해를 어디에 묻을지에 관한 이야기가 오가는 참이었어.
도미니카에 묻어야 할지 말지에 대해.

우리 아빠는 늘 이런저런 모임을 열었던 사람인데,
죽어서도 우리 모두를 한데 불러 모으네.

♦

호르헤 삼촌이 남자들 무리에서 떨어져 나왔어.
내가 거실 입구에서 서성거리는 걸 보고서.

삼촌은 아빠가 좋아하던 의자에 나를 앉히고
천천히 내 머리를 쓰다듬었지.
나는 삼촌의 손에 기댔어.

호르헤 삼촌과 마벨 숙모에게는 아이가 없어.
만약 아이가 있었다면 훌륭한 부모가 되었을 거야.
삼촌은 귀 기울이는 법을 잘 알거든.
상대가 입을 다물고 있을 때조차도 말이야.

우리는 한참을 그렇게 앉아 있었어.
삼촌은 내 머리를 쓰다듬고
나는 삼촌이 쓰는 향수의 익숙한 향을 맡고

내가 아파하듯
삼촌도 가슴 아파하고 있어.

아프다고
내가 굳이 말하지 않더라도 삼촌은 다 안다고 믿어.

♦

장례식에 관한 의논이 한창이야.
나는 아빠의 의자에서 일어나

아빠의 구식 전축 쪽으로 걸어가
아빠가 좋아하던 가수의 음반 하나를 집어 들고
바늘을 올려.

일순간 모두 조용해지고
숙모는 수화기 너머 상대방에게 쉬잇 하고 주의를 줘.

아빠의 의자에 다시 기대어 앉아 눈을 감았어.

아빠가 좋아한 바차타가 방 안 가득 퍼지네.
잃어버린 사랑에 관한 노래.

다른 남자를 생각하지도 말고 다른 남자 때문에 상처받지도 울지도 말라는 슬픈 가사는
마치 지금 이 순간을 말하는 것만 같아.

엄마가 전축으로 다가가 탁,
음악을 멈췄어. 잘 어울린다고 생각했어.
중간에 끝나 버리는 것까지도.

음악은 애도하는 자리에 부적절하다는 잔소리까지는
필요 없었는데.
아빠를 추억할 아주 잠깐의 짬이
필요했던 것뿐이니까.

♦

마벨 숙모가
엄마에게

아빠를
어디에
묻을 건지

물어봤어.

우리가
식탁에
둘러앉아

장례식장에
둘
사진을

고르는
동안.

♦

(나는 머릿속에서 목록을 작성하고 있었어.
절대 잊고 싶지 않은 것들의 목록.

가장 두려운 게 뭐냐고 묻는다면
굳은살이 박인, 도미니카에서 끄트머리를 잘라먹은
아빠 손의 감촉을 잊는 것.

불빛 아래 반짝이던 아빠의 금이빨
화가 난 나를 금세 웃게 만들었던 아빠의 너털웃음

이 모든 게 담긴 사진은 어디 있을까.

움직이는 아빠
공간 속의 아빠
빛나는 아빠

우리 모두를 비추던
작열하는 커다란 태양 같았던 아빠

지난 1년을 통으로 잊고 좋은 것만 기억하고 싶었어.

사진을 계속해서 넘기고 있었어.
한 장, 그리고 또 한 장……)

♦

숙모의 질문이 떨어지자마자
엄마 눈에서 뭔가 번쩍였어. 슬픔은 결코 아니었어.

엄마가 가느다란 허리에 손을 올렸어.
자기 자신을 꽉 붙드는 것처럼.

"그 사람의 *진짜* 가족이 여기 있으니
유해는 이곳에 묻힐 거예요."

엄마는 화난 것처럼 보였어.
나는 처음 보는 사람을 보듯 엄마를 살폈어.
내가 아는 것을 엄마도 아는지 알고 싶어서.

마벨 숙모가 짧게 탄식했어.
날카로운 말이 금방이라도 튀어나올 것 같은 입을 애써 다물고 있는 것 같았지.

호르헤 삼촌이 입을 열었어.
"야노 형은 늘 고향에 묻히고 싶어 했어요, 소일라 형수님."

"그 사람은 거기 묻히지 않을 거예요. 내가 그 사람 부인이라고요."
삼촌 쪽으로 고개도 돌리지 않은 채 엄마가 말했어.

심장이 마구 방망이질 쳐 대는 것 같았지.
엄마가 아나? 아는 걸까? 다들 안다고?

삼촌은 고개를 가로저으며 가방에서 서류철을 꺼냈어.
"소일라 형수님, 형수님이 형의 부인인 건 맞지만,
유언장을 써 둔 장본인은 아니잖아요."

삼촌이 식탁에 꺼내 놓은 그 서류가
저절로 접혀 날카로운 이빨로 변하기라도 할 것처럼
조심스럽게 집어 든 엄마는,

웃더라.
"그러니까 바로 이게 그 사람이 계획한 거군요?"

삼촌이 내 쪽을 흘깃 봤어.
"아무래도…… *저쪽*도 있잖아요, 형수님. 형수님도 알잖아요."

엄마는 읽지도 않고 종이를 내려놓았지.
남편의 넥타이를 매만지듯 종이를 어루만져 빳빳하게 펴고는
우리 모두를 등지고 창가에 섰어.

"우리가 먼저였어요. 그러니 마지막도 우리 쪽이 될 거예요.
하지만 그 사람이 원한 게 그거라면, 데려가요.
단 나와 야아이라는 그곳에서 열리는 장례식엔 가지 않겠어요."

♦

엄마 편을 들어주고 싶지만 그럴 수 없어.
난 아빠의 딸이기도 하잖아.

아빠 무릎에 앉아 깔깔대고 웃던,
아빠가 참을성 있게 체스를 가르쳐 주었던 여자아이는
일이 그리 단순하지 않다는 걸 잘 알았지.

"아빠가 도미니카에 묻힌다면, 저는 거기 가고 싶어요.
아는 사람 한 명 없는 비행기 안에서, 가족이 없는 그곳에서
아빠는 홀로 떨면서 돌아가셨어요.
마지막 순간엔 아마 우리를 생각했겠죠.
어떻게 우리가 아빠의 무덤 앞에서 기도 한마디 않고 보낼 수 있죠?"

엄마는 여전히 내게 등을 보인 채였지만 몸을 꼿꼿하게 세웠어.

생각할수록 말도 안 되는 일이었어.
우리가 가지 않는다니, 설마 진짜로 그럴 생각은 아니겠지.
아빠가 완벽한 사람은 아니었지만, 이런 대접을 받아선 안 되잖아.
우리에겐 그 누구보다도 작별 인사를 할 자격이 있고.

마침내 돌아서서 나를 보는 엄마의 눈가는 촉촉했지만
목소리는 아주 차가웠어.

"야아이라, 내가 당장 죽어 쓰러진다 해도
그 섬의 모래 한 알에라도 네 발이 닿을 일은 없을 거다.
그런 생각은 깨끗이 지워 버려. 무덤이든 뭐든 싹."

나는 부들부들 떨리는 입술을 꾹 다물고
엄마에게
싱긋 웃어 보였어.

— 절대로, 진땀 흘리는 모습을 상대에게 보이지 마.

엄마가 내 체스 경기를 한 번이라도 봤다면 알았을 텐데.
야아이라 리오스는 말을 움직이기 직전에 싱긋 웃는다는 것을.

♦

엄마는 좋은 여성, 훌륭한 여성이야.
똑똑해서 학부모 상담에서도 돋보이곤 하지.

엄마는 좋은 여성, 훌륭한 여성이야.
열심히 일하면서도 내 저녁을 늘 챙기지.

엄마는 좋은 여성, 훌륭한 여성이야.
수업이 끝나면 한 번도 잊지 않고 꼭 데리러 왔어.

엄마는 좋은 여성, 훌륭한 여성이야.
내가 잡아당겨 떨어뜨린 스웨터의 단추를 꿰매 주었어.

엄마는 좋은 여성, 훌륭한 여성이야.
내가 새 청바지에 낸 구멍을 수선해 주었어.

엄마는 좋은 여성, 훌륭한 여성이야.
사려 깊은 선물을 사 주고 요란하게 뽀뽀해 주곤 해.

엄마는 좋은 여성, 훌륭한 여성이고
나는 그런 엄마를 실망시키고 만 거야.

♦

엄마는 상상했던 대로 키울 수 있는 여자아이를 원했지.

착한 여자아이,
착한 여자아이로 나는 태어났어.

하지만 나의 많은 부분은
아빠의 영향을 받아 만들어졌나 봐.
마치 아빠가 엄마 자궁에 빛을 비추고 내 이마에 흔적을 남기며
아빠만의 축복을 내리기라도 한 것처럼.

엄마에게 비밀로 해 온 말이 있어.
더 착한 딸이라면 했을 말.

나는 아빠의 딸이고, 나쁜 딸이야.
훌륭한 여성에게서 태어난 배은망덕한 딸.

♦

내가 아빠에 관해 알게 된 사실은

새하얀 원피스에 생긴
얼룩

보지 않으면
손가락으로 문지르지만 않으면
그러면 어쩌면

퍼지지 않을 거라고
잘하면 눈에 띄지도 않을 거라고

애써 생각하지만
늘 그 자리에 있는

너무나도 도드라지는
과오

♦

아빠에게는 부인이 한 명 더 있었어.

결혼 증명서에 적힌 날짜는
미국에서 우리 엄마랑 결혼한 날로부터 몇 달 후.

누구든 우연히 이 봉투를
열어 본 사람에게
확실히 해 두기라도 하려는 것처럼

아빠와 아름다운 여성이 함께 찍은
작은 사진도 들어 있었지.

갈색 피부에 길고 검은 머리의 여성이었어.
둘 다 흰옷으로 차려입었고

꽃다발을 든 그분은
아빠를 향해 활짝 웃고 있었어.

아빠는 진지한 표정으로
카메라만 뚫어지게 쳐다보고 있었지.

아, 아빠에게는 부인이 한 명 더 있었구나.

엄마가 알았을 리는 없어.
남편이 해마다 왔다 갔다 하며 바람피우는 걸
가만히 둘 사람은 아니니까.

이 다른 부인 때문에 아빠는
나를 떠났고
우리를 버려뒀고
신뢰를 깼고
뒤로한 가족을 무시한 거구나.

지난여름 아빠가 돌아왔을 때
아빠 얼굴을 똑바로 볼 수가 없었어.

아빠를 아예 보지 않는 편이 훨씬 쉬웠어.
아빠에게 아무 말도 하지 않는 편이 나았어.

선택지가 없었어.
내 안에 부글대는 독기 가득한 말들은
모두를 망가뜨리고도 남았을 테니까.

◆ **카미노, 19일 후**

지난번 이후로 엘 세로는 잠시 잠잠했는데

오늘은 내가 흠뻑 젖은 머리를 쥐어짜고 있을 때
나무 뒤에서 엘 세로가 나타났다.

비라 라타는 내가 집에 남겨 둔 뼈를 씹느라
오늘은 해변에 따라오지 않았다.
그래도 그늘에서 낮잠 자는 녀석이 보일까 싶어서
눈으로 나무들을 훑었다.

북슬북슬한 털이 셔츠 목덜미 위로 튀어나와 있다.
엘 세로가 소년처럼 웃을 수 있을지는 몰라도
소년은 아니라는 걸 새삼 떠올린다.

탁 트인 곳 뒤로는 집들이 늘어서 있다.
인가 근처라 다행이었다.
이 순간의 나는 한 남자가 뚫어지게 쳐다보는 여자아이이기 때문이다.

나는 슬퍼하는 여자아이가 아니다.
나는 비통해하는 여자아이가 아니다.
나는 부모 없는 여자아이도 아니고 살길이 막막한 여자아이도 아니다.

나는 이모가 돌봐 줘야 하는 여자아이가 아니다.
나는 거의 혼자나 다름없는 여자아이가 아니다.

이 순간엔
어느 하나도 중요하지 않다.

"오토바이로 집까지 태워 줄까?"
엘 세로가 활짝 웃으며 다가와
내 손목을 덥석 붙잡았다.

♦

휴대전화가 울렸다.
나는 얼른 붙들린 손을 잡아 빼
뒷주머니에서 휴대전화를 꺼내 움켜쥐었다.

화면에는 이모 이름이 깜빡거렸다.
"여보세요, 이모?"
나는 엘 세로에게서 떨어졌다.

말없이 세찬 숨소리만 들린다.
이모가 울고 있다.

"네 아빠를 찾았대.
유해를 나흘 전에 발견했다는 소식을
방금 들었어."

유해라는 말은, 기적을 더는 바랄 수 없다는 거지.
죽었다, 죽었다는 거지.
나흘간이나 내가 몰랐다니.

(사실 알고 있었잖아.)

알고 있었다.
생존자가 없는 것을.
그럼에도
그 사실이 내 가슴을 커다란 망치로 내리찍는 것만 같았다.

누군가는 초에 불을 밝혀야 했다.
장례식장에 전화하고 아빠의 지인들에게 연락해야 했다.
꽃 주문도 해야 하고 성당에도 연락해야 했다.

그 유일한 누군가가 바로 나였다.

뒷주머니에 휴대전화를 넣고
엘 세로의 얼굴을 똑바로 쳐다보았다.

"나한테 원하는 게 뭐든 간에
잊어버려. 너한테 줄 건 없으니."

이 해변, 내가 사랑하는 장소에서
하필 엘 세로가 옆에 있을 때
소식을 알게 됐다는 것이 너무나 역겨웠다.

얼른 자리를 뜨려는데 그자가 말했다.
"카미노, 그건 내가 무슨 제안을 하느냐에 따라
달라질 문제 아니겠어?"

♦

이모가 초에 불을 밝혔다.
아빠가 이모의 친동생은 아니었지만
이모가 어떻게 느낄지는 차마 상상하기도 힘들었다.

내가 평생 동안 아빠를 알았다면
이모는 아빠의 평생을 알았다.

어렸을 때부터 치료사의 조수였던 이모는
일곱 살 때 아빠가 태어나던 방에 있었고
그 남자아이가 자라 우리 엄마와 사랑에 빠지는 것을 봤다.
이모는 그 남자의 아이를 안은 첫 번째 사람이었다.

아빠는 자신의 돈으로 산 이 집에 올 때마다
이모를 친누나처럼 대하며

존중했다.
이모의 규칙을
이모가 지닌 믿음을
이모가 오로지 나를 위해 내렸던 결정을

둘은 친구였다.
지금 이 순간까지 나는
이모가 잃은 게 누구인지 생각해 본 적이 없었는데

아빠는 나를 빼면 이모에게 남은
유일한 가족이었다.

그리고 오늘
모든 희망이 사라졌다.

우리는 서로 꼭 끌어안고
사라진 남자에 관해 생각했다.

그 남자 없이 살아가야 하는
삶에 관해서도.

♦

다음 날 아침
아빠의 유해와 관련된 소식이 더 오기를 기다리고 있을 때

이모가 내게 말했다.
떠도는 소문을 들었다고.

이모는 닭털을 뽑고 있었다.
꼼꼼하고도 빠르게
손가락으로 헤집어 뽑은 털을
부엌 개수대의 비닐봉지 안에 넣고 있었다.

이모가 늘 곁에 두는
커다란 마체테가
창 너머로 들어오는 빛에 반짝거렸다.
나도 저걸 갖고 다닐 수 있었으면.

학교에서 나오는 나를 엘 세로가 기다리고 있는 걸
마테오 아저씨와 과일 파는 아주머니가 봤다고 했다.
내가 막 떠난 해변에서 엘 세로가 얼쩡대는 모습도.

성자들이 이모 귀에 경고를 속삭였다고 말했다.
나는 길게 한숨을 내쉬었다.

모두 사실이라고 말하고 싶었다.
엘 세로가 내게 요구하려는 것들이 무섭다고도 하고 싶었다.

이모 목소리에는 어떤 감정도 담겨 있지 않았다.
그러나 맹렬히 닭털 뽑기를 멈추지 않는
이모의 손가락은 몹시 노여워하고 있는 게 틀림없었다.

"나는 널 똑똑한 아이로 키웠어. 맞지?"
대답이 듣고 싶어서 묻는 말이 아니었다.

이모의 분노는 어쩐지
나에게로 향하는 것 같았다.

"너를 깨끗하게 입히고 먹이며 키웠어.
내 발은 흙투성이가 되고
내 배에서는 꼬르륵 소리가 나도 말이야. 그렇지?

이곳 여자아이 대다수에게 허락된 미래와는
다른 미래를 바라보도록 키웠어.
내가 뭐든 다 하지 않았니, 네게 선택의 여지를 주려고?"

비닐봉지가 깃털로 불룩했다.
나도 저렇게 가벼워졌으면.

그러나 나는 가라앉고 있었다.
이모의 말이 무거운 추가 되어 나를
밑바닥으로 끌어 내렸다.

이모는 내가 엘 세로에게 빌미를 준다고 생각하는 걸까?
이 모든 게 내가 저지른 일이 되는 건가?

닭털이 거의 다 뽑혔다.

껍질만 남은 채 축 처진 닭은
우리의 배고픔을 채워 줄 만찬이 되겠지.

우리의 이빨에 뜯기고 짓이겨지겠지.
우리 중 누구도 다른 걸 물어뜯을 수는 없으니까.

♦

이모한테 말할 수 있으면 좋겠다.
엘 세로가 나를 가만히 두질 않는다고
나는 잘못한 게 하나도 없다고

어떤 식으로든 내가 부추긴 적 없다고
그자가 씩 웃으며 내 앞에 자꾸만 나타난다고

이모한테 말할 수 있으면 좋겠다.
어떻게 해야 할지 모르겠다고
그 사람이 나를 몰아세울까 봐 무섭다고

이모한테 말할 수 있으면 좋겠다.
하지만 이모가 안다 해도 무엇을 할 수 있을까?

이모는 엘 세로보다 나이는 많고 돈은 거의 없다.
이모는 이웃에게 존경받고 사랑받는 사람이지만

엘 세로가 속한 세상에선 상관없는 일이다.

마테오 아저씨는 늙었다. 미국에 있는 호르헤 삼촌은 나를 모른다.
엘 세로를 막을 사람은 아무도 없다, 이제는.

만약 이모가 맞서려 한다면
그 사람은 이모에게 무슨 짓을 할까?
차마 상상조차 못 하겠다.

♦

내가 나고 자란 소수아의 바다에
이곳 사람들이 고기잡이할 자리는 없다.
깨끗하게 정리된 이 휴양지의 바다에서
외국인들은 카이트서핑을 한다.

우리의 땅, 녹음이 무성한 이 땅은 외국 자본에 의해 사고팔린다.
외국인들이 쉴 수 있는 고급 호텔이 들어선다.

바나나와 유카와 사탕수수는 경작되고 수확되어 수출된다.
부스러기 하나에도 신께 감사드리는
이곳의 아이들에게 남겨지는 건 없다.

선진국들은 탄소 배출을 늘리고 해수면을 높이다
우리를 단숨에 삼켜 버릴 수도 있다.

여성들,
나 같은 아이와
아이가 있는 엄마들의 몸이
정글짐 같은 놀이기구로 분류된다.

외국 억양의 남자들이 우리를 고른다.
올라타고 미끄럼타고 흔들거릴 놀이기구를 브로슈어에서 고르듯이.
엘 세로는 모든 주머니에 손을 뻗는다.

섬 출신이 아니라면
절대로 이해할 수 없을 것이다.
물로서 살아간다는 게 어떤 의미인지를.

구부러진 곳을 휘감고
비가 오면 차오르고
외부의 갈증을 해소시키며

물은 점점 얕아지다가
끝내는
단 한 방울도 남지 않을 것이다.

이것이
이모가 말하지 않는 진실이다.

모래도 흙도 노동력도 미소도 모두 거래되는데
차지하는 이는 누구지? 먹는 이는 누구지?

우리는 아니다.
나는 아니다.

♦

아이들은 꼭 검은 옷을 입지 않아도 된다고
이모는 생각한다.

이모가 처음으로 검정 원피스를 사 준 건
열세 살, 중학교 졸업식 때였다.

지금 나는 옷장에서 그 원피스를 꺼낸다.
원피스의 어깨끈을 잡고 끌어 올려 입는다. 아직 잘 맞는다.
바깥에는 열기가 후끈하지만 검정 스타킹도 신는다.

이모는 나를 보고도 별다른 말이 없다.
그저 뒤돌아 등을 보이고
나는 이모의 흰 블라우스 단추를 채운다.

이모는 흰색 헤드랩을 쓴다.
머리부터 발끝까지 흰색으로 입는 것은
성자들에 대해 독실한 믿음을 지녔음을 의미한다.

신부님이 눈썹을 추켜세우겠지만 이모는 개의치 않을 것이다.
성자들이 이모를 둘러싸고 있어서
이모는 용감하거나 무모하다. 둘은 결국 같은 말인지도 모르겠지만.

이모와 나는 거울을 본다.
구릿빛 테두리 안에 우리의 모습이 보인다.
이모 눈에 차오르는 눈물을 얼른 닦아 준다.
눈물은 또다시 눈가의 주름에 고인다.

이모는 내 손길을 피하지 않고
얼굴을 가만히 기댄다.

아이들은 꼭 검은 옷을 입지 않아도 된다고
이모는 생각한다.

어제까진 아니었을지 몰라도
나는 이제 어엿한 여성이 된 것 같다.

♦

이모에게 물었다.
아빠의 동생인 호르헤 삼촌이 장례식에 오느냐고.

이모는 한참을 망설이다가
몇 가닥 삐져나온 앞머리를 매만지며 말했다.
"글쎄, 모르겠어."

하지만 이모의 잔뜩 굳은 어깨는
무언가 알고 있는 듯했다.

나는 이모를 슬쩍 곁눈질했다.
우리는 팔짱을 끼고 성당으로 걸어가는 중이었다.

"누가 오는지도 모르면
어떻게 장례식 계획을 세울 수 있겠어요?
손님들이 우리 집에서 머물게 되나요?
음식은 얼마나 많이 해 놔야 할까요?"

미처 다 하지 못한 백 개도 넘는 질문들이
민들레 홀씨가 되어 나와 이모 사이에 흩날렸다.

그 수많은 홀씨에 소원 하나 빌지 않고
이모는 그저 고개만 저었다.

♦

한밤중에
이모가 나를 흔들어 깨웠다.
꿈속에서 나는 뉴욕을 헤매고 있었다.
아빠 이름을 부르짖으며.

내가 악몽을 꾸어서 깨웠나 싶었으나
어둠이 눈에 익자
이모 손에 들린 왕진 가방이 보였다.

후다닥 옷을 입고 샌들을 신었다.
브래지어를 하거나 머리를 빗는
번거로운 일 따위는 하지 않았다.

이모가 가방을 뒤적거리는 모양새를 보아 알 수 있었다.
이 정도로는 부족하다는 듯 또다시,
비상 상황이 찾아왔다는 것을.

밖으로 나오자 젊은 남자가 기다리고 있었다.
어두워서 얼굴이 잘 안 보였으나
이내 넬손임을 알았다. 카를리네의 남자친구다.

다섯 살 때부터 우리는 다 같이 바다에서 첨벙대곤 했다.
그곳이 우리만의 워터파크라도 되는 것처럼.

무슨 일이냐고
나는 묻지 않았다.
이유는 하나뿐이었다.

우리는 어둠 속에서 울퉁불퉁한 길을 걸었다.
캄캄한 길에서 이모의 흰옷만이 언뜻언뜻 보였다.
금방이라도 무너질 것 같은 이 동네를
훤히 알아서 다행이었다.

이모가 노란 집 앞에 멈춰 섰다.
전기가 나간 게 분명했다. 집이 칠흑같이 어두웠다.
창가에 촛불 두어 개가 타고 있을 뿐이었다.

카를리네의 엄마가 문을 열었다.
하나뿐인 방을 깨끗하게 치우고 박박 문질러 닦은 것을
어둠 속에서도 알 수 있었다.

카를리네의 엄마
잘 웃지 않는, 카를리네의 아빠
이모와 나와 넬손
카를리네와
카를리네의 아기까지

모두 들어가 있기에는 너무나
작은 집이었다.

아기는
바깥으로
나오려 하고 있었다.

빛바랜 소파 위
새빨간, 땀이 송골송골 맺힌
내 친구의 얼굴이 보였다.

♦

나는 카를리네의 이마를 수건으로 닦았다.
이모는 차분한 목소리로
카를리네의 엄마에게 물었다.

“진통은 언제 시작되었나요?”
“병원에 마지막으로 간 게 언제였나요?”
“양수가 터졌나요? 얼마나 되었죠?”

카를리네가 내 손을 꽉 잡았다.
나는 엄지손가락으로 원을 그리며 친구의 걱정을 잠재우려 했다.
해야 할 일이 있다면 이모가 할 것이다.

병원에 가야 했지만
카를리네의 엄마는 산통이 갑자기 시작되는 통에
정신이 없었다고, 어쩔 줄을 몰랐다고 말했다.

아이티 사람이
도미니카의 병원에 가는 것은
쉬운 일이 아니었다.

긴장감이 우리를 에워싸고 있었다.
누가 뭘 어떻게 할 수 있겠는가.
겁에 질린 카를리네의 엄마를 탓할 수 없었다.

이모의 손길은 정확하고 거침없었다.
마치 초월적 존재와 이어져 있는 것 같았다.

나는 길고 하얀 천을 쿠션 주위로 펼쳤다.
카를리네가 출산할 공간을 마련하기 위해서였다.

이모는 카를리네 팔뚝을 붙잡고 일으켜 무게를 지탱했다.
그러고는 기도하며 수호령들을 방으로 불러 모았다.
나는 이모의 가방에서 타임으로 끓인 차를 꺼내 들었다.

카를리네 아빠의 얼굴은 굳어 있었지만
의자 등받이에 올린 손이 떨리는 게 보였다.
아이티 말로 조용히 중얼거리고 있었는데
그 또한 기도일까 궁금했다.

이모는 내가 만들어 둔 자리에
카를리네가 편하게 자세를 잡도록 하고
호흡하는 것을 도우며 배를 누르고
기다렸다.

나는 두꺼운 수건을 깔기 시작했다.
넬손이 부리나케 나를 도왔다.
넬손의 손가락이 홱홱 움직였다.

두려움이 뿌연 안개처럼
방 안에 뭉게뭉게 피어올랐다.
이모의 차분한 목소리는 안개를 뚫고 타오르는 불꽃 같았다.

나는 이모와 자리를 바꿨다.
카를리네의 뒤에 앉아 지탱하는 양팔이 점점 무거워졌다.
어느새 나는 카를리네만큼 땀을 뻘뻘 흘리고 있었다.

친구를 붙잡은 채 숨을 깊게 쉬려 애썼다.
잘못될 수도 있다고 생각하지 않으려 애썼다.

이모는 끊임없이 움직였다.
지칠 대로 지친 사람이라고는 믿기지 않을 정도로.

"마지막으로 한 번만 힘줘, 얘야. 아기 머리가 보여."

카를리네는 더는 힘을 줄 수 없을 것처럼 보였다.
숨을 헐떡거리며 두 눈을 질끈 감았다.
이번이 마지막 힘주기가 아니면 어쩌나.

"힘내, 카를리네." 내가 속삭였다.
"그 긴 시간 동안 네가 아기를 품은 건
이 아기한테 빛을 보여 주기 위해서잖아. 힘줘, 세게!"

카를리네의 이마에 붙은 젖은 머리를 쓸어 주었다.
카를리네는 내 팔을 부여잡고 흐느꼈다.

그러면서도 힘을 줬다.
계속 힘을 주고 힘을 주고
또 힘을 주었다.

이내 작은 몸이
이모의 손으로 떨어졌다.

나무를 흔들어 떨어뜨린
조글조글한 열매 같았다.

아기는 자그마했다.
조용했다.

♦

사람들이
최악의 상황에 이모를 찾아오는 이유는

이모가 기적을 자아내는 여인이기 때문이었다.
영혼을 구슬려 죽음의 문턱에 선 누군가의 목을 움켜쥔 손가락을 느슨하게 하는.

때로 이모는 너무 늦었고
때로는 영혼을 제대로 구슬리지 못하기도 했다.

때로는 그저 손에 굳은살이 박인,
연고와 찻물을 쓸 줄 아는 치료사일 뿐.

그 여인이
울지 않는 아기를 안고서 이렇게 말한다.

어서,
어서 오너라.

♦

방에 있는 모든 이가 숨을 죽였다.
그렇게 하면 그 숨을 아기에게 줄 수 있기라도 한 것처럼

카를리네가 흐느꼈고
이모는 기도하고 으르고 살살 달래기도 했다.

숨을 쉬도록, 쉬도록, 쉬도록
아기의 가슴을 두 손가락으로 누르며 심장 마사지를 했다.

아기의 번들거리는 몸과 파랗게 변한 입술
방 안에 있는 사람들의 흐느낌
장막 너머에서 아기를 기다릴 영혼들마저
신경 쓰지 않고 이모는

입 안 가득 공기를 머금고 아기 입에 불어넣었다.
이모의 몸에서 아기의 몸으로 숨을
불어넣고 또 불어넣었다. 더 이상은 불가능해 보일 때까지.

계속 서성거리던 죽음이
마침내 방으로 들어오려 기회를 엿보고 있을 때

바로 그때

아기가 숨을 들이켰다.
깊게 헉하는 소리를 내며.

때맞춰 전기가 다시 들어왔다.

환한 불빛으로
작은 방이 가득 찼다.

♦

죽음, 익사, 장례식 같은 것들에 사로잡혀 있었던 나는
아기가 숨을 부여잡는 것을 보는 일이
너무도 놀라웠다.

여기 있지 못할 예정이었던 아기가 여기,
저세상이 아닌 이곳에 존재하는 것을 보는 일이.

차오르는 눈물 너머로
모두가 울고 있는 것이 보였다.

지친 카를리네는 아기를 제 가슴 가까이 붙이고는 내 손을 잡았다.

집을 나서며 이모는
허브차를 끓이고 연고를 만들라고 일러두었다.
문도 단단히 걸어 잠그라고 덧붙였다.
이모는 도움이 필요하면 다시 올 것이다.

카를리네의 엄마가 우리를 꼭 끌어안았다.
고맙다고 말하며 약간의 돈을 내밀었다.
흰 천은 빨아서 돌려주겠다고 말했다.

카를리네는 아기를 안았다.
넬손은 모자를 들어 보이며 인사했다.

카를리네의 아빠는 한마디도 안 했지만
문까지 나와 우리를 배웅할 때 보니
뺨을 타고 흘러내린 눈물 자국이 있었다.

추모회는
아빠의 당구장 밖에서 열렸어.

녹색 불빛 아래
입구를 지키는 사람이 서는 곳에서

커다랗게 확대된 사진 속
아빠는 웃고 있어.

유리잔(아마 위스키 같아.)을 들고
카메라를 쳐다보고 있어.

같이 오겠다고 고집을 부렸던 드레가
내 뒤에 확실하게 있어 줬지.

나는 무릎을 꿇고 앉아
아빠를 기리는 사람들의 선물을 어루만졌어.

화환들, 너무나 많은 꽃.
아빠는 늘 이렇게 말했는데 말이야.
"어째서 일주일도 안 갈 것에 돈을 쓰는 거지?"

한데 놓인 잡동사니들을 보니
꼭 목구멍에 당구 초크만 한 덩어리가 걸린 것 같았어.

복권
구두약 한 병
작은 도미니카 국기
로빈슨 카노*의 야구 카드
검은색과 빨간색 무늬의 옷을 입은 작은 조각상

역사 시간에 배웠는데,
그리스 사람들은
영혼이 이승에서 저승으로 가는 길에
삯을 낼 수 있도록
꼭 주머니에 동전 하나를 넣는대.

그게 생각나서
내가 아빠의 여정을 위해 줄 수 있는
유일한 것을 주기로 했어.

차갑고 딱딱한 콘크리트 바닥에 무릎을 꿇고
주머니를 뒤적거려 꺼낸

반들반들 윤이 나는 까만 체스 말

타는 초 바로 옆에 내려놓았지.
아빠가 가는 길을 지켜 줄 퀸을.

* 도미니카 국적의 야구 선수.

♦

아빠의 당구장은 늘
북적거리는 곳이었어.

이곳에 마지막으로 왔을 때가 떠올랐어.
체스 경기가 끝난 후
아빠가 나를 당구장으로 데려왔었어.

잘 없는 일이었어. 아빠는 언제나
당구장은 아이들이 올 곳이 아니라고 했거든.

하지만 그날 밤 아빠는
내 우승컵을 종업원들과 지인들에게 자랑하고 싶었던 거야.

케이크까지 준비해 둔 아빠는
흥에 겨워서 내 얼굴에 럼주를 조금 튀기기도 했지.
주크박스에서는 바차타가 밤새도록 울려 퍼졌어.

몇 주 후 아빠는 출국했고
얼마 지나지 않아 나는 체스를 그만뒀지.

♦

집으로 돌아가는 열차 안에서
나는 말이 없었어.
드레의 어깨에 머리를 기대니
드레의 부드러운 숨결이 내 머리카락에 닿았지.

드레는 알고 있어.
내가 혼자서 열차에 타기 싫어한다는 걸.
오늘 나와 함께 오겠다고 고집부린 것도 아마 그래서일 거야.

내가 마지막으로 체스 경기에서 우승한 날
상대는 매니라는 남자아이였어.

전에 겨뤄 본 아이였어.
테이블 맞은편에서 늘 내게 웃어 보였지.
악수할 때는 내 손을 너무 오래 잡았고
이기든 지든 여유가 있었어.

이 이야기는 매니에 관한 것이 아니야.
이기는 것에 관한 이야기이지.

세계 최고가 되었을 때의 감정이나
내 안에서 별이 솟아오르는 느낌에 관한 것일 수도 있고
빛나던 내 얼굴에 관한 것일 수도 있고

지난여름 그 경기가 끝난 후
기차역 플랫폼에 선 내 손에 들려 있던
반짝이는 우승 트로피에 관한 얘기일 수도 있어.

그때 나는 혼자였어.
아빠는 도미니카에 가 있어서 그 경기에 못 왔거든.

낮이었고
열차 안은 사람들로 빽빽했지.

객차 문에 기대선 남자를
등지고 서게 됐을 때,

◆

누군가의 손이 내 다리를 붙잡았고
어쩌다 우연히 닿은 거라고 생각했어.

허벅지를 타고 올라왔을 때도
내가 착각한 거라고 생각했어.

그 남자가 거리낌 없이 치마 아래를 더듬을 때
나는 트로피를 떨 어 뜨 렸 지 만

소리를 지르지는 않았어.
야단법석을 떨지도 욕을 하지도 않았어.
그 어떤 전략도, 없었거든.

이길 수 있는 방법이 보이지 않았어.
옴짝달싹할 수 없는
북쪽으로 향하는 열차 안에서

숨이 가빠졌고
속이 메스꺼웠고
치솟는 분노로 심장이 터질 것 같았어.

내 감정 앞에서 나는 무력했어.

진땀 흘리는 모습을 절대로,
내 눈썹에 방울방울 맺힌 땀을 절대로
상대에게 보여선 안 된다니

한 정거장 두 정거장 세 정거장

내 말이 무슨 의미인지 알겠어?
내 몸이 내 몸이 아니었다는,
내 것일 수가 없었다는 게 어떤 의미인지

그 남자는 96번가에서 내렸어.
나는 열차 바닥에 떨어진 트로피를 줍지 않았지.

울지도 않았어.
집에 도착한 뒤 드레가 창문으로 들어와
떨고 있는 나를 꼭 안아 주기 전까지는.

드레는 아무것도 묻지 않았지만 알고 있었어.
알았던 게 틀림없어.

욕실 바닥에 팽개쳐 둔 내 치마를 집어
벽장 구석에 처넣은 걸 보면.
그 일에 대해 여태껏 우리가 한마디도 안 한 걸 보면.

나는 그 일로 다시는 울지 않았어.
다만 아빠에게 얘기해야 한다고는 생각했어.
아빠라면 지혜로운 말 몇 마디를 해 줄 것 같았어.
아니면 다른 어떤 반응이라도.

하지만 아빠는 내 전화를 받지 않았지.

♦

조금 정신을 차리고 나서부턴
미친 듯이 아빠에게 전화를 걸었어.

나를 보호해 주는 사람에게 말하고 싶었거든.
어떤 식으로든 나를 그 일이 일어나기 전으로 되돌려 주길 바랐어.

이틀 뒤 열릴 경기에 가고 싶지 않다고도 말하고 싶었어.
내겐 휴식이 필요했으니까.
어째서 아빠의 허락을 받아야 한다고 생각했는지는 모르겠어.

사흘이 지나도록 아무런 답이 없었지.
나는 아빠의 캐비닛을 열었어.
미국의 당구장에 관한 서류뿐이었어.
도미니카 쪽 번호는 없었어.

그러다 캐비닛의 맨 아래
다른 서류에 반쯤 가려진 채 먼지가 뽀얗게 내려앉은
밀봉된 봉투를 발견한 거야.

제자리에 놔두어야 한다는 것도
내가 찾던 서류가 아니라는 것도 알았지만

나는 봉투를 열어 보고 만 거야.

♦

그 일 이후로 나는 경기 두 개를 빼먹었어.
출전 자격을 얻는 게 쉽지 않은 경기들이었는데.

세 번째 경기에 불참한 날 저녁
아빠가 잔뜩 열이 받아서는 씩씩거리며 전화했더라.

위원회에서 메일을 받았대.
여름에 열릴 경기의 출전 자격이 박탈되었다고.

나에게 무슨 일이 있었느냐고는 묻지 않았어.
나도 묻지 않았지.
위원회의 메일은 읽었으면서 내 문자는 왜 안 읽었냐고,
내 전화는 왜 안 받은 거냐고.

아빠는 내가 한마디 끼어들 틈도 주지 않았거든.
왜 내가 그토록 화가 나 있는지도 묻지 않았고.

사실을 말하자면
물었어도 나는 대답하지 않았을 거야.

그 남자에 관해서
내 치마 속으로, 팬티 속으로 올라왔던
그 손에 관해서

아빠의 거짓을 보여 주는
캐비닛 속 증명서에 관해서

내가 뭐라고 말을 할 수 있었을까.
그건 절대로 알 수 없을 거야.

아빠가 묻지 않았으니까.
내게 실망했다는 말과 장황한 훈계뿐이었으니까.

아빠가 전화를 끊은 후 나는 전화기에 대고 속삭였어.
여러모로 아빠한테 실망했다고.

아빠가 원하는 게 내 침묵이라면
바로 오늘이 아빠가 원하는 걸 얻는 날이라고.

새 학기 시작 몇 주 전에야 돌아온 아빠는
나를 멋대로 구는 아이로 키웠다며 엄마에게 소리쳐 댔지.
내게는 어른스러워져야 한다고 딱딱거렸고.

나는 내 방으로 들어가 버리거나 드레의 창문을 넘어가곤 했어.
아빠 얼굴을 보고 싶지 않아서.

21일 후

학기 마지막 날인 오늘
학교 복도를 걷는데 팔이 평소처럼 움직이지 않아.
외계인이 내 몸속으로 기어들어 오기라도 한 듯

성적표를 받으려 할 때도
연필을 집으려 할 때도
책을 비워 내려고 사물함을 열 때도

떨지 않으려 해도
옆구리에 붙어 부르르 떨리기만 하는 두 팔.

할 수 있다고
속삭여 일깨워 준 이는 드레였어.
계속해서 숨을 쉬라고

아주 사소한 일조차 힘이 드니까,
아무 일도 하지 않으면 추억이 와락 덮쳐 올 때 혹시 덜 힘들지 않을까
그런 생각을 품고 있었던 것 같아.

3주가 지났구나.
내게는 이제 아빠가 없어.

♦

항공사 보험 대리인이 집에 왔어.
호르헤 삼촌과 마벨 숙모는 이미 와 있었고.

호르헤 삼촌이 도미니카에서 법 관련 일을 하긴 했지만
내 생각에는 미국에서 활동하는 변호사가 필요할 것 같았는데
아무도 내 말을 귀담아듣지 않았지.

항공사 대리인이 서류철을 펼쳤어.
미국 연방교통안전위원회에서 작성한 초기 발견 유류품 목록이 있었어.

나는 조사 기관의 이름을
확실히 외워 두었어.

대리인은 설명을 마치고서
기대하는 눈초리로 우리를 바라보았어.
호르헤 삼촌은 서류를 들고
석양빛이 비치는 부엌 창문 쪽으로 가서 다시 읽었어.

엄마는 나를 쳐다봤어. 내가 통역해 주길 바랐으니까.
엄마는 모든 말을 다 알아듣진 못했거든.

"돈 얘기예요."
엄마에게 조용히 말했지.
정확히 말하자면 선지급 보상금이라고.

너무나 많은 달러를 아빠 목숨에 얹어 놓았더라.
“50만 달러예요.” 호르헤 삼촌이 엄마에게 말했어.

그러고는 아무도 입을 열지 않았어.
엄마는 매니큐어를 바른 손톱으로 탁자를 긁어 대면서
훌쩍이기 시작했지.

그 소리가 내 귀를 뚫어 버릴 것만 같아서
엄마 손 위에 내 손을 올려놓았어.

♦

항공사
대리인은

고충이라고
말했지.

전례가 없다고
말했지.

기계적 결합이라고
말했지.

조종사의 실수를
말했지.

보험약관을
말했지.

보상금을
말했지.

사고라고
말했지.

손실이라고
말했지.

비통하다고
말하지 않고

추락이라고
말하지 않고

사람이 죽었다고
말하지 않고

아빠를
말하지 않고

우리 아빠를
말하지 않고

아빠의 이름을
말하지 않고

죄송하다고
말하지 않고

"죄송하다고
하셔야죠."

나는 말했어.

"죄송하다고 하셨어야죠."

♦

50만 달러로
살 수 있는 것은?

차보다는 우주선에 더 가깝게 생긴
자동차

작은 강아지가 들어갈 만한
유명 브랜드의 핸드백

생일날에
좋아하는 가수를 초청해 즐기는 공연

다이아몬드를 박아 넣은
도미니카 럼주 한 병

저택과 요트와 100에이커쯤 되는 땅과

4년제 대학의 등록금
아니면 미용 학교의 학비와 자격증 취득에 드는 비용

도미니카행
비행기표 500장

1달러숍에서 파는 장난감 체스 50만 개와
함께 딸려 오는 박스 50만 개

셰익스피어의 『템페스트』 10만 권

그리고
보아하니 아버지도 살 수 있는 모양이야.

♦

이만큼의 돈은

퀴즈 프로그램에서나
보는 건 줄 알았어.

친구에게 전화 찬스를 쓸 수 있으면 좋겠어.
아니면 힌트 카드를 쓰든지.

웃음을 띤 진행자가 내 손을 토닥거리고는
청중들이 고른 답을 알려 주어서

내가 뭘 해야 할지 알 수 있다면 좋겠어.

50만 달러는
아빠가 평생 모은 돈보다 많고

엄마와 나는
그 어마어마함을 슬슬 깨닫기 시작하고 있었지.

♦

호르헤 삼촌 말로는
그래도 항공사를 고소해야 한대.

호르헤 삼촌 말로는
소송으로 가면 몇 년은 걸릴지도 모르지만, 결국에는 합의할 거래.

호르헤 삼촌 말로는
비용은 삼촌이 어떻게 해 보겠대.

호르헤 삼촌 말로는
당구장을 파는 방법도 있대.

호르헤 삼촌 말로는
내 앞으로 신탁 계좌를 열어 두면 그 돈은 어디 안 간대.

호르헤 삼촌 말로는
재정 고문이나 회계사를 삼촌이 고용해 볼 수도 있대.

호르헤 삼촌 말로는
세금을 대비한 돈은 따로 남겨 두어야 한대.

호르헤 삼촌 말로는
장례식 지출을 메우는 데 도움이 될 거래.

호르헤 삼촌 말로는
다른 친척들에겐 말하지 말아야 한대.

호르헤 삼촌 말로는……

♦

엄마가 삼촌 말을 잘랐어.
"삼촌, 그이는 동생 말이라면 오냐오냐하며 들어줬죠.
조언은 감사해요. 하지만 조언이 필요했던 건 그이였고
그이가 여기 있을 때 삼촌은 어떤 충고도 하지 않았죠."

나는 엄마와 호르헤 삼촌을 번갈아 쳐다보았어.
나오지 못한 말이 무엇일지 파악해 보려 하면서.

엄마가 그 증명서에 대해 알고 있을까?
삼촌도?

엄마는 자신의 말이 얼마나 매정하게 들리는지 깨달은 게 분명했어.
허벅지에 손을 펴서 올려놨으니까.

"내 말은…… 그러니까 내 말은,
야아이라와 내가 충분히 알아서 잘해 나갈 거란 뜻이에요."

엄마가 호르헤 삼촌에게
이렇게 딱딱하게 말하는 건 처음이었어.
마벨 숙모는 나무 식탁의 무늬만 내려다보고 있었어.

호르헤 삼촌은 봉투처럼 입을 닫고
조용히 방에서 나갔지.

♦

모퉁이 근처에 공동체 텃밭이 있거든.

드레가 집에 없거나 전화를 안 받을 때
거기 가면 찾을 수 있어.
그곳은 드레의 아늑한 은신처니까.

드레가 내 사랑이 된 이후로
나는 그곳 벤치에 앉아
드레의 길고 구부정한 등을 바라봤지.
짧은 머리 위로 눌러쓴 보라색 모자도.

드레가 흥얼거렸어.

이어폰에서 새어 나오는 소리로 추측해 보자면
니나 시몬*인 것 같아. 드레는 니나를 무척 좋아하니까.

드레는 자기 아빠가 보고 싶으면 니나 노래를 들어.
화가 날 때도.

흑인 남자애가, 또 총에 맞고
흑인 여자애가, 또 끌려가다 나동그라지고
브롱크스에 사는 어떤 애가 식료품점 앞에서 칼에 찔리는 동영상이
소셜 미디어에 올라온 걸 볼 때면

드레는 니나 노래를 듣지. 시위 피켓을 만들면서.

* 미국의 재즈 가수이자 흑인인권운동가.

손을 맞잡은 두 여자아이를 확 밀치거나
동성애자라고 조롱하는 영상이 널리 퍼졌을 때도
드레는 니나를 찾았어. 〈미시시피 갓댐〉*을 들었지.

나? 나는 주먹을 휘두르고 싶었어.
부조리한 세상에 소리 지르고 싶었고.

그런데 드레의 눈빛에는 열망이 비쳐.
우리 모두를 새로운 세상에 다시 심는 상상을 하는 것처럼.

우리가 깊은 이해 위에 뿌리를 내릴 수 있도록
쑥쑥 자라 무성하게 가지를 뻗을 수 있도록

니나는
비가 되고
산들바람이 되고
햇살이 될 거야.

내가 그런 상상을 하다가 무슨 소리를 냈나 봐.
드레가 돌아보더니 고개를 갸웃하곤
이어폰 한쪽을 빼서 내 귀에 꽂아 줬어.
그러고는 다시 바질 화단 주변으로 흙을 돋웠지.

새들이 하늘로 날아올랐어.
지금 내 기분이 어떨지 알겠니?

* 〈Mississippi Goddam〉. 백인 우월주의자에 의한 흑인 살해 사건을 비난한 곡으로, 흑인인권운동을 대표하는 노래가 되었다.

작은 목소리로 통화하던 이모는
또 잔뜩 화가 나서는 전화기를 들고 발코니로 나갔다.
내가 못 듣기를 바란다는 듯이.

통화를 끝낸 이모 곁에 가서 앉았다.
우리는 흔들의자에 앉아 똑같이 앞뒤로 흔들흔들한다.

현관 등은 켜지 않았다. 어둠이 내린 가운데
반딧불이가 눈부신 후광처럼 우리 위를 날아다닌다.

이모는 내게 거짓말한 적이 한 번도 없다.
예전부터 내가 무얼 묻든 대답해 줬다.
섹스든 남자아이든 치료법이든 성자들에 관한 것이든 뭐든.

나는 이모 옆에서 계속 앞뒤로 흔들흔들한다.
말이 형태를 갖추려면 때론 시간이 걸리기도 한다.
작은 조각들 같은 1분, 또 1분이 모여
입으로부터 뻗어 나오는 활주로가 만들어지는 것처럼.

이 밤, 이모는 조용히 흥얼거린다.
이모가 별안간 흔들의자를 멈췄을 때
나는 서서히 속도를 늦췄다.

현관의 나무 바닥에서 삐걱거리는 소리가 난다.
이모가 말해야 하는 것이 무엇이든 간에
이 밤이, 그 말을 위한 공간을 만들고 있는 것만 같다.

나는 가슴팍에 앉은 모기를 찰싹 내리쳤다.
모기가 빨아 먹은 피가 살갗 위에 번졌다.
물린 걸 알아차리지 못한 게 놀라웠다.

그러나 나는 알아차리고 있다.
이모가 하려는 말이 무엇이든 그 말은

피를 흘리게 하지는 않더라도
그와 같은 느낌이리라는 걸.

♦

이모가 말했다.

“항공사에서 고소를 피하려고 보상금을 제시했대.
유가족에게 50만 달러를 먼저 준단다.
방금 호르헤 삼촌과 통화했어. 상황이 쉽지 않네.”

이모가 말했다.

“네게 거짓말하고 싶지 않구나, 얘야.
네 아빠는 복잡한 사람이었어.
이런저런 선택의 기로가 많았단다.”

이모가 말했다.

“미국 뉴욕에 여자아이가 있어. 너와 동갑이야.
이목구비도 비슷하고. 아빠가 같거든.
그 애는 네가 태어나고 나서 두 달 뒤 태어났어.”

이모가 말했다.

“네 아빠는 네 엄마와 결혼하기 전에
그 애의 엄마와 먼저 결혼을 했단다.
너는 유가족으로서 돈을 달라고 청구할 수 있지만
네 아빠가 결혼한 소일라라는 여자가
너와 맞서 싸우려 들 수도 있어.”

이모가 말했다.

"네 아빠의 부인인 그 여자는 영사관에 연줄이 있어.
네 아빠가 너를 친자로 인정하는 걸 어렵게 만들었지.
네 아빠가 네게 비자를 받게 해 주려면 그 여자의 시민권 서류가 필요했어."

이모가 말했다. 더 많은 말을.

하지만 더 이상 어떤 말도 귀에 들어오지 않았다.

내게 자매가 있다.
내게 자매가 있다.
내게 자매가 있다.

세상에 이모 말고도 나와 피로 엮인 사람이 또 있었다.

♦

알고 싶지 않던
진실은

가슴 깊숙한 곳에서
썩어
곰팡이를 피울 수 있다.

여태 봤던 모든 맛을
모조리 망쳐 버릴 수 있다.

너무나 지독한 악취로
여태 알던 달콤함을 모두 잊게 할 수 있다.

알고 싶지 않던 진실은
내 목을 틀어쥐고

어두운 마음속 괴물 앞으로
끌고 갈 수 있다.

이 세상에
내 피붙이인
여자아이가 또 있다니.

아빠는
내 인생을 통틀어 내내
나에게 거짓말을 했다.

나는 혼자가 아니다.
이모를 제외하면 그 애가 나의 유일한 가족이다.

내 자매의 뺨에 손가락을 대 보고 싶었다.
얼굴을 그 아이 목에 파묻고서 물어보고 싶었다.
그 아이도 나처럼 상처받았는지를.

그 아이는 나를 알고 있었을까?
아빠가 말해 줬을까?

아빠와 비밀을 공유했을까?
아빠가 내게는 거짓말을 하는 동안?

어쩌면 그 아이는
지금 내 심정이 어떤지 이해하는
유일한 사람일까?

내가 그 아이를 찾으면

여태 사라진 줄조차 모르고 있던
살아 숨 쉬는 내 자신의 한 조각을
찾게 되는 걸까?

♦

이모의 제단에는 온갖 물건이 놓여 있다.
럼주가 반쯤 담긴 작은 유리잔, 물이 담긴 꽃병 아홉 개,
생기 넘치는 노란색 꽃다발도.

제단 주위에는 갓 내린 커피 한 잔과
사진들이 있다.
외할머니 외할아버지의 흑백사진이다.
어부였던 할아버지와 섬 서부 출신 세탁부였던 할머니를 찍은 사진.

드러누운 채 미소 짓고 있는 엄마의 사진도,
격식 차린 옷을 입고 뻣뻣한 자세로 찍은 외증조할아버지, 할머니 사진도 몇 장 있다.

그리고 제단의 하얀 탁자보 아래에는
내가 몰래 숨겨 놓은 고지서 뭉치가 있다.

내 학비 고지서도 거기에 있다.

매년 6월 고지서가 나오면 아빠가 7월에 돈을 냈다.
첫 분기 수업료인 그 돈을 내야만
9월에 수업을 들을 수 있었다.
이모가 버는 돈으로는 충분하지 않았다.

심장이 마구 쿵쾅거렸다.
손으로 가슴을 꾹 눌렀다.

쓸데없이 교육을 많이 받은 고아가
어떻게 하면 산부인과 전문의가 될 수 있을까?
또래 여자아이 대다수가
고등학교를 졸업하기도 전에 임신하기 일쑤인 곳에서.

이제 내 몫이 될지도 모를 돈이 있다.
이모는 그 돈이 내 것일 수도 있다고 했다.

여자아이가 어떻게, 그러니까 내가
어떻게 하면 고등학교를 마치고 미국에 있는 대학에 갈까?

줄지어 떠 있는 비눗방울 같은 나의 꿈들이
허공에서 팟, 팟, 터지고 마는 것을
내가 어떻게 지켜볼 수 있을까?

지켜만 보지 않겠다.

♦

"이모, 비자와 돈 말인데요.
아빠가 내 서류를 준비하고 있다고 말했었어요."
이모는 수프를 끓이려 강낭콩을 씻고 있었다.

"제가 지금도 미국에 갈 수 있을까요?
호르헤 삼촌이 저를 받아 주겠지요?"
강낭콩을 꼼꼼하게 추리던 이모의 손이 멈칫했다.

"너희 아빠는 너를 자기 서류만으로는 데려갈 수 없었단다, 얘야.
부인 서류가 필요했지. 네 비자가 승인을 받으려면
부부 모두의 수입과 부인의 시민권이 필요했거든.

그 부인이 너를 보증해 줘야만 네가 미국에 거주할 수 있어.
그런데 내가 아는 한, 소일라는 쉽게 용서하는 여자가 아니야."

그 부인에 관해서 생각해 봤다.
나 역시 쉽게 용서하는 여자는 아닌데.

"아빠의 다른 딸 이름이 뭐예요?"
이모는 오래 묵어 영양가 없는 것들을 골라내기 위해 손으로 콩을 훑는 중이었다.
이모는 꼼꼼히 따져 보고 있었다.
그릇에 남겨져야 하는 것과 반드시 골라내야 할 것들을.

그렇게 말을 고르던 이모가 입을 열었다.
"야아이라. 네 자매 이름은 야아이라야."

마음이 어지럽기 짝이 없었다.
자매
보상금
아빠의 비밀

카를리네 집에 잠시 들렀다.
아기는 잠이 들었고 카를리네의 눈은 피곤해 보였다.

카를리네가 나를 껴안자 그 품이 따스해서
나는 그만 울어 버릴 뻔했다.
우는 아이가 또 생기는 건 그야말로 카를리네가 원하는 바가 아닐 텐데도.

우리는 소파에 앉았다.
카를리네는 내 손을 놓지 않았다.
"넌 벌써 엄마 같아."
내가 이렇게 말하자 카를리네가 웃었다. 나는 진심이었다.

"젖몸살이 있는 데다가 항상 목이 말라.
카미노, 아기를 보러 왔던 친구들이 그러는데
네가 해변에서 엘 세로와 같이 있는 걸 봤대. 아니지?"

나는 카를리네의 손을 꼭 쥐었다가 놓았다.

"카미노, 너한테 이래라저래라 하진 않겠어.
하지만 엘 세로는 위험해."

잠자코 고개만 끄덕였다.
나도 안다.
아빠가 그자에게 돈을 준 데에는 다 이유가 있는 법이었다.

엘 세로가 계속 내 주위를 맴도는 데에도 이유가 있었다.
하지만 카를리네에게 뭐라고 말할 수 있을까?
카를리네가 어떻게 해 줄 수도 없는 일인데.

이모도 그렇다. 모두가 걱정 어린 조언을 한다.
그 답으로 내가 줄 수 있는 것이라고는 더 많은 걱정거리뿐이다.
아기가 우는 바람에 나는 더 말을 하지 않아도 되었다.

"단지 조심해 달라는 거야, 카미노.
자, 와서 조카에게 인사해야지."
나는 아기에게 이름을 지어 줬는지 물었다.

"엄마가 지어 주지 말라고 했어.
아기가 숨 쉬는 게 아직도 가냘프다고.
그렇지만 나는 루치아노라고 부르기로 했어."

나는 내 가장 친한 친구의 아기를 안은 채
친구의 손을 잡았다.

아기는 예정일보다 일찍 태어났지만 사랑받고 있다.

카를리네도 나처럼 기도하는 심정이라는 걸 알고 있다.
사랑만으로는 충분하지 않을 것 같았다.

♦

엘 세로를 다시 마주치면
떠돌이 동물을 대하듯 살살 구슬려
자신이 포식자가 아니라 작은 동물일 뿐이라는 걸 일깨워 주리라.

엘 세로는 항상 되돌아왔다.
무시하려 애써도 내 주변을 서성거렸다.

오늘은 비라 라타가 해변까지 따라왔다.
비라 라타는 내리쬐는 태양 아래 벗어 놓은 내 옷 위에 앉아
엘 세로를 느긋하게 지켜보았다.
비라 라타가 훌륭한 경비견이 아니긴 해도
나는 혼자가 아니라서 좋았다.

내가 물건을 챙기는데 엘 세로가 말을 걸었다.

"최근 네 주소를 묻는 사람이 있어.
네 아버지의 옛 친구래. 아니, 친구였다던가.
나는 모른다고 대답했지.
내가 보기에 그 남자가 좋은 사람 같진 않거든."

내 귀에는 다른 말이 들렸다.
나는 네 주소를 누구에게든 줄 수 있어.
네게 일깨워 줄까.
집 문은 헐겁게 잠겼고 아버지는 없고
곁에 남자도 없고 훌륭한 경비견도 없는데
대체 어떻게 보호받을 수 있단 거지?
누가 갑자기 쳐들어오면 막아 줄 게 있을까?

내가 아무 대꾸도 없자 엘 세로는 고개를 까닥이더니
잇새로 휘파람 소리를 냈다.
공터 쪽에서 나이 든 남자가 걸어왔다.
한쪽 눈 위에 흉터가 있었다.

하수구에 향수를 뿌린 듯한 냄새가 풍겼다.
“이 아이가 당신이 물어본 아이야.
카미노, 이 사람이 네 아버지 친구야.”

엘 세로는 잠시 머뭇거리더니 내 팔을 꽉 쥐었다.
남자는 턱을 문지르며 나를 위아래로 훑어봤다.
“몇 가지 물어볼 게 있어, 예쁜이. 내 차로 가서 앉을래?”

별안간 나는
슬프지도 두렵지도 않았다.
몹시 화가 났다.
여자아이로서, 말도 못 하게 화가 치밀었다.

나는 고래고래 소리를 질렀다.
나의 분노를 모조리 쏟아 냈다.
뭐라고 했는지는 차마 말할 수 없다.

나는 팔을 확 비틀어 빼내고는 나이 든 남자를 세게 밀쳤다.
내 움직임에 비라 라타가 흥분해서 짖기 시작했다.
주의가 흩어진 틈을 타 부리나케 그 자리를 떴다.

분노의 눈물이
방울방울 맺히다가 이내 뺨을 타고 줄줄 흘러내렸다.
헤엄치다가 노랑가오리*에게 너무 가까이 다가간 것 같은 기분이었다.
몸이 부르르 떨렸다. 만지면 전기가 오를 것 같았다.

나는 해변을 등지고 줄곧 달음질쳤다.

* 꼬리 끝 가시에 독이 있다.

♦

집으로 급히 들어오고 나서야
오늘 추모 의식이 있다는 게 생각났다.

이모는 내게 격식을 갖춘 자리에서 추는 춤을 가르쳐 줬었다.
산테로*가 치는 북소리에 맞춰 추는 춤이었다.
이모는 춤을 출 때 몸만 움직이는 게 아니라 혼을 실어야 한다고 가르쳤다.

산테로와 다른 이들의 읊조림에 맞춰
이모가 빙그르르 도는 모습을 지켜보았다.

이모의 목에 걸린
색색의 구슬이 땀에 젖고
이모의 허리가
폭풍우 속의 버드나무 가지처럼
휘어진다.

나는 무릎을 땅에 닿을 정도로 낮추고
등을 구부리며 가슴을 들어 올렸다.

내 머리는 영혼들이 깃드는 안락한 옥좌가 될 것이었다.

사람들은 우리 집에 성자들의 축복이 깃들었다고 믿고 있다.
그런 것에 굳이 관심을 두지 않는 사람들조차도
항상 이모에게 치료를 부탁하고 약을 달라고 했다.

* 산테리아교의 종교의식을 거행하는 사람.

충고와 기도를 부탁하고, 출산을 도와 달라고 했다.
의사에게 갈 형편이 아니거나
'할 수 있는 게 아무것도 없다'라는 말을 들었을 때 그랬다.

우리 집 작은 뒷마당에서
북을 치는 사람들이 모여 원을 그린다.
우리는 깊이 슬퍼하고 있지만 우리의 노래는 밝은 빛을 내뿜는다.
밤공기에는 성스러운 무언가가 있다.

나는 몸으로 공기를 밀어 냈다.
엘 세로와 그 일당을 밀어 내기라도 하듯

원을 따라 빙그르르—
고통으로부터 해방되기를 기원했다.
양팔을 크게 벌리며—
두려움으로부터 해방되기를 기원했다.
팔찌를 쟁그랑거리고 머리를 홱 젖혀—
자유로워지기를 기원했다.
자유로워지기를 기원했다.

집안 공기가 심상치 않아.
집안이라고 해 봐야 나와 엄마뿐이니
우리가 서로 조심하며 숨죽여 지내고 있다는 소리지.

엄마는 조용하지만 분주하게
수표를 쓰고 있어.

나는 있는지도 몰랐던 청구서에 지불할 수표야.
엄마는 돈을 써 대고 있었어. 곧 받게 될 돈으로.

지금 엄마가 쓰는 돈은
아직 우리에게 없는 돈인 거야.

엄마는 출근도 않고, 스파숍의 손님 예약도 잊어버렸지.
엄마의 탈을 쓰고 있는 이 분별없는 사람이 누구인가 싶어.

그래도 나는 이 사람이
내가 안전하다고 여기는 이곳에서 벗어나지 않기를 바라기에
아무 말도 하지 않았어.

내가 점심을 차렸지만 엄마는 손도 안 댔어.

뭐든 작은 소리라도 듣고 싶어지면
드레 집 창문을 넘어 들어갔어.

긴장감의 날개가 드리운 그림자는
지금 우리 집 지붕을 완전히 덮고 있어.

◆ 23일 후

방학도 시작됐겠다,
나는 그냥 이리저리 거리를 걸어 다녔어.

리버사이드 드라이브를 따라 북쪽으로 한참 걷기도 하고
링컨센터 쪽으로 걸어가 그 앞 분수대에 앉아 있기도 했어.

개똥과 계단에 있는 사람들을 피해 가며
아이스크림 파는 트럭과 남자들이 던지는 희롱을 무시해 가며

한 발 한 발 걷다가
저녁이면 어느새 드레 집 현관 앞에 다다라 있곤 했어.

설거지를 하던 존슨 박사님은
들어오라며 손짓하다가 내게 물을 튀겼어.

아줌마는 한쪽 팔로 내 어깨를 감싸더니
내 정수리에 잠시 턱을 대고 눌렀어.

한 달 전과 똑같이 느껴지는 집에 있으니 좋았어.
씁쓸한 생각을 떠올리지 않고 저녁을 먹는 것도.

가족들이 내는 이런저런 소리 덕에
나는 서서히 잠에 빠져들었어.

♦

존슨 박사님이 물었어.

야야, 잠은 좀 자니, 얘야?

내가 대답했어.

그럭저럭요, 존슨 박사님.

존슨 박사님이 물었어.

무언가 하고 싶은 말이 있니?

내가 대답했어.

아뇨, 존슨 박사님.

존슨 박사님이 물었어.

네 상실감에 관해 누구한테 얘기해 본 적 있니?

내가 대답했어.

미트로프 잘 먹었어요, 존슨 박사님.

존슨 박사님이 물었어.

너랑 너희 어머니, 혹시……

내가 대답했어.

존슨 박사님, 이런 얘긴 하고 싶지 않아요.

존슨 박사님이 물었어.

그래도 모임에 다시 나가 볼 순 없겠니?

내가 대답했지.

이제 그만 가 볼게요.

♦

드레네가 옆집으로 이사 오기 전까지
나는 미트로프를 먹어 본 적이 없었어.

파스텔론*과 비슷하기도 하고
미트볼을 거대하게 부풀려 놓은 것 같기도 했어.

난 적어도 일주일에 한 번은
존슨 박사님 집에서 밥을 먹었어.
그러지 말라고 엄마가 화를 냈는데도 말이야.

엄마는 이웃들이
엄마가 나를 잘 먹이지 않는다고 생각할 거랬어.
나는 말도 안 된다고 생각했지.

위층의 곤살레스 아줌마가
엄마 음식에 알레르기라도 있냐고 내게 묻기 전까진.

참견쟁이들과는 다르게,
존슨 가족은 내가 있어도 전혀 신경 쓰지 않는 게 참 좋았어.
드레와 나는 저녁을 먹고 나면 텔레비전을 보곤 했지.
아니면 드레 엄마의 화장품을 갖고 놀거나.

여전히 나는 존슨 가족을 무척 좋아하지만
이젠 거기에 다시 가도 될지 잘 모르겠어.
그렇게 부드럽고 슬픈 눈을 한 존슨 박사님은 쳐다보기가 힘드니까.

* 다진 고기 등을 넣은 파이.

그 집은 늘 내게 안도감을 주는 공간이었지만
예전과 같을 수는 없지.
아빠가 존재하지도 않았던 것처럼 구는 건 불가능하니까.

♦ **25일 후**

화요일 오후
사촌인 윌손이 우리 집에 나타났어.

엄마를 꼭 끌어안더니
머리가 예쁘다며 칭찬하더라.

확실히 말해 두는데, 엄마는 4주째 머리를 감지 않았거든.
엄마는 땋은 머리를 손으로 쓸어 내렸어.

윌손은 한숨을 내쉬며 말했어.
여자친구와 결혼하고 싶은데 청혼하기가 두렵다고 말이야.

엄마와 나는 어색하게 서로를 물끄러미 바라보다가
축하해 줬지만 윌손은 고개를 떨구었어.
"나 같은 촌뜨기가 뭐 내세울 게 있겠어요?"

윌손은 열 살 때부터 줄곧 뉴욕에 살았어.
더 이상 촌뜨기라고 보기는 어렵다고.

유명 브랜드의 멋진 트레이닝 바지를 입고
톰 포드 향수까지 뿌린 촌뜨기가 어디 있다고.
그렇게 위스키만 마시는 도미니카 촌뜨기가 어디 있냐고.

윌손은 여자친구에게 사 주고 싶은 반지가
자기 예산을 벗어난다고 말했지.

은행원들은 어느 정도 예산으로 청혼을 준비하는지 궁금해졌어.
여자친구라는 사람이 윌손과 사귀면서 과연 그 정도나 기대할까?

엄마는 말없이 일어나더니
수표장을 집어 들었어.

엄마가 식탁 위로 수표를 쓱 내밀 때 나는 고개를 돌렸지만
거기 적힌 액수가 네 자리나 되는 것을
보고 말았지.

♦

바퀴벌레들.
엄마 쪽 친척들을 나는 이렇게 부르고 싶어.

지난 며칠간 나무 바닥 사이에서
어찌나 슬금슬금 기어 나오던지.

내가 못생겼다고 말하던 사촌들이 알랑거리며 나타나서는
내가 얼마나 예쁘게 컸는지 모른다고,
아빠가 돌아가셔서 너무나도 안됐다고 말했어.

엄마에게 좀 더 밝은 피부색의 남자와 결혼해야 했다고 말하던 이모들과 외삼촌들은 갑자기

관심이 가는 새로운 지방흡입술에 관해서
참가하고 싶은 교회 선교 여행에 관해서
돈 때문에 상상만 했던 결혼식 로망에 관해서
아직 내지 못한 병원비에 관해서 엄마에게 이야기하고 싶어 했어.

보상금 이야기가 나오고부터
매일 새로운 누군가가 집에 왔지.

얼마 못 가 나는 빗자루가 돼야 했어.
"다들 나가요. 우릴 내버려 둬요.
여기가 무슨 은행인 줄 아냐고요."

♦

엄마는 친척을 쫓아 보낸 내가 무례하다고 해.
나는 엄마의 가족들이 돈을 요구하는 거야말로 무례한 거라고 말해.

엄마는 이런 게 가족이라고, 서로 돕고 사는 거라고 말해.
진짜 가족이라면 장례식 준비나 도와줘야 한다고 나는 말해.

엄마는 지금이 힘든 시기라고 말하지 않아.
나는 엄마가 이성적으로 판단하고 있는 건지 확신이 안 선다고 말해.

엄마가 눈길을 돌리며 일어나더니 부엌으로 가.
나는 엄마가 나에게 말 안 하고 있는 것이 뭐냐고 물어.

엄마는 등을 돌린 채 문간에 서고
나는 두 팔로 몸을 감싼 채 기다려.

너는 네 아빠를 너무나도 많이 사랑했지, 엄마가 말해.
나는 조용히 고개를 끄덕여. 적어도 그건 사실이었으니까.

너처럼 똑똑한 아이가 여러 조짐들을 외면해 왔지, 엄마가 말해.
무슨 소리냐고 되묻지 않았는데 엄마는 계속해.

내가 야노를 사랑하는 걸 오래전에 그만두었다면 좋았을 텐데, 엄마가 말해.
그게 거짓말인지는 물어볼 필요가 없었지.

네 아빠가 나를 얼마나 곤란하게 했는지 너는 모를 거야, 엄마가 말해.
나는 어린아이처럼 귀를 막고 싶어.

이 사망 보상금으로 내가 가족들에게 당한 치욕을 씻을 수 있다면
난 그렇게 할 거야, 엄마가 말해.

며칠 동안 해변에 가지 않았다.
침대에 누워 두 팔 두 다리를 쭉 뻗고
머리카락도 쫙 펼쳐 놓았다.

내 안의 무언가가 쪼그라들었다.
하지만 나는 나를 둘러싼 공간을 모두 누리고 싶다.
이 공간이 언제까지고 우리 것이리라는 보장은 없지만.

발전기 요금
전화 요금
인터넷 요금
학교 수업료에 대해 생각했다.
컬럼비아대학에 대해, 뉴욕에 대해 생각했다.

이모는 장례식 비용을 아빠의 부인이 감당할 거라고 했다.
그 생각을 하니 속이 뒤집힌다. 숨겨 놓은 부인이라니.
숨겨 왔던 삶이라니.

내가 바라 왔고 애써 왔던 모든 것이
모래알처럼
손가락 사이로 흘러내리고 있었다.

♦

이모에게 물어보지는 않았지만 틀림없이
그 배다른 자매는 나와 성이 똑같으리라.
아빠는 그 아이의 엄마와 결혼했었다. 우리 엄마랑 결혼한 것처럼.

야아이라는 근사한 이름이다.
아빠가 고른 이름인지 궁금했다.
아빠가 그 이름을 사랑스럽게 부르는 모습이 그려졌다.
그 이름의 의미를 검색해 봤다.

빛, 또는 빛난다는 뜻이었다.
나는 그 아이가 아빠 가슴속 반짝이는 불빛이었는지 궁금했다.

그 아이가 너무나 밝게 빛나서
아빠가 그 아이를 보러 계속 돌아갔던 것인지
이곳에 좀 더 머무를 수 있음에도 불구하고 그랬던 건지 궁금했다.

그 아이가 나에 대해 알고 있는지 궁금했다.
그 아이가 빛이었기 때문에
그 아이가 태어날 때 아빠는 그 곁을 지켰던 걸까.

그 아이에게 나는,
여름 동안 아빠를 차지하는 존재에 불과했지만

그 아이는 내게,
내 온 인생에서 아빠를 빼앗아 간 아이였다.

나는 빛나는 이름을 가진 여자아이를 미워하고 싶지 않지만
가슴속에 뿌리내리는 분노를 어찌할 수 없었다.
분노는 그 거대한 잎을 넓게 펼쳐 내 모든 것에 그늘을 드리웠다.

자신이 거의 백만장자가 된 걸 알면서도
바다 건너 또 다른 여자아이에 대해서는 전혀 궁금해하지 않는
여자아이가 대체 어떤 아이인지 궁금했다.

바다 건너의 또 다른 여자아이는
먹는 것도 배우는 것도 꿈꾸는 것도 녹록지 않을 텐데.
나에 대해 아예 모르는 게 아니라면야.

그 아이는 어느 대학에 가고 싶어 하는지 궁금했다.
그 아이는 이제 학비 걱정을 할 필요가 없는 건지 궁금했다.

바다 건너의 그 사람들은 평생 나를 없는 셈 쳐 왔다.

내가 성자들께 한 가지 배운 게 있다면
눈앞에 갈림길이 펼쳐질 때는 갈 길을 정해야 한다는 것이었다.

세상이 내 선택을 좌우하는 것을
가만히 보고만 있지는 않을 것이다.

내가 스스로 갈 길을 정한다는 것이 어떤 의미인지
그 야아이라라는 아이는 곧
알게 될 것이다.

♦

소셜 미디어를 뒤져 보는 것이 가장 쉬운 방법 같았다.
두 시간 전만 해도 그랬다.

야아이라 리오스라는 이름을 가진 여자아이는 너무 많았다.
나는 연신 스크롤을 내리며
나와 비슷하게 생긴 여자아이의 얼굴을 찾으려 했다.

거의 포기할 무렵 어떤 계정을 보게 되었는데
프로필 사진이 까맣게 되어 있고

아빠가 돌아가신 날짜가 적혀 있었다.

비공개 계정이었지만
일부 글과 조의를 표하는 메시지는 볼 수 있었다.

"야노 이모부는 멋진 분이셨어. 이제 천국에 계시겠지, 편히 쉬시길."
윌슨이라는 남자아이가 쓴 글이었다.

"아저씨가 언제나 보고 싶을 거예요."
안드레아라는 여자아이가 쓴 글이었다.

심장이 쿵쾅거렸다.

후들거리는 손가락으로
나는 메시지 창을 열었다.

후다닥 문장을 쓰고
보내 버렸다. 내가 도중에 그만두기 전에.

메시지를 보고 나면
그 아이도 내가 누구인지 모를 수 없을 것이다.

♦

답이 오길 기다리며
새로고침을 적어도 50번은 한 것 같다.

크래커를 좀 가지러 부엌으로 갔다.
싱크대 안에 있는 그릇을 설거지했다.
제단의 먼지를 털어 내고, 꽃병의 물도 새로 갈았다.

다시 태블릿 앞으로 돌아왔다.
여전히 답이 없었다.

내 자매가 있는 곳과 이곳은 시차가 없다.
지금은 느지막한 오후일 텐데.

어쩌면 그 아이는 바쁜가 보다.
부자가 되느라
엄마와 시간을 보내느라
나 같은 건 생각하지 않는 거지.

메시지를 한 번 더 확인했다.
읽음 표시가 없었다.
발송을 취소할 수 있다면 좋을 텐데, 하고 바랄 뻔했지만

안 된다. 그 아이는 봐야만 한다.
나는 알아야 마땅하고 또한 알려져야 마땅하다.

태블릿을 꺼 버렸다.

♦

이모와 함께 말레콘에 갔다.
엄마 아빠가 다시 만났던 곳이다.

이모는 신선한 당밀 한 병과 수박을 챙겼다.
나는 꿀이 들어간 럼주를 낑낑대며 들고 갔다. 레글라의 성모님은 단것을 무척이나 좋아하신다.

이모와 나는 제물을 바치며 기도했다.
조상님들의 이름을 읊조리고
수박에, 당밀 병에, 럼주가 든 유리병에 입을 맞추고
이마에 대었다가 가슴에 댔다.

짠 내 나는 공기를 들이마셨다.
바위에 부딪히는 파도가 우리의 기도에 합류했다.

우리는 집에서 만든 마마후아나*를 바다에 조금 따랐다.
나도 병에 입을 대고 조금 마셨는데 이모는 말리지 않았다.
죄를 지은 기분이었다.

뉴욕에 있는 그 아이가 나에 대해 모르고 있었다면
무턱대고 보낸 메시지는 감당하기 어려운 일이 될 수도 있었다.
적어도 내겐 진실을 직접 말해 주는 이모의 정직한 얼굴이 있었다.
디지털 픽셀로 이루어진 갑작스러운 메시지가 아니라.

나의 짙은 죄책감을
바다에 함께 따라 버렸다.

* 향신료, 꿀, 허브, 럼주와 포도주 등을 섞어 만든 술.

바다의 수호성자에게는 두 얼굴이 있다.
우리를 보살펴 주기도 하지만 동시에 사납게 단죄하기도 하니까.

그러니 나는 기억해 두기로 한다.
이 세상을 살아 나가려면
친절하면서도 동시에 사나워야 한다는 것을.

♦

말레콘에서 돌아와
곧장 내 방으로 향했다.
태블릿을 다시 켰다.

숨이 턱 막혔다.
여전히 아무런 알림이 없다.

벽에 태블릿을 던져 버리려다가
겨우 참았다.

나에겐 타고난 인내심이 없다.

♦

자루 하나에
쌀과 콩이 든 작은 봉지들을 담았다.

이모와 내가
앞으로 어떻게 먹고살아야 할지 모르지만

당장은
여기 사는 다른 사람들보다
가진 게 많았다.

카를리네의 집으로 갔다.
이웃들에게 손을 흔들며 움푹 팬 웅덩이들을 피해 걸었다.
햇볕이 내리쬐어 등이 따뜻했다.

카를리네 엄마가 나를 반겼다.
아줌마의 눈이 피곤해 보였다.

카를리네를 보니
울고 있던 게 틀림없다.

자루를 아줌마에게 건네고
아줌마를 평소보다 더 꼭 안아 주었다.

위안이 되길 바랐다.
아줌마도 나를 꼭 끌어안아 줬다.

잠시
아줌마에게 나 역시 위로받고 있다는 생각이 들었다.

아줌마가 뒤편 부엌 쪽으로 가고
나는 소파에 앉아
카를리네에게서 루치아노를 받아 안았다.

카를리네는 아기를 품에서 내주고 싶지 않아 했지만
몸과 마음을 추스르려면
카를리네에게도 잠시나마 쉴 시간이 필요했다.

나는 무슨 일이냐고 묻지 않았다.
카를리네가 먼저 말을 꺼냈다.

"일자리를 잃었어. 나보고 당장 출근하라더라고.
하지만 내가 어떻게 아기를 벌써 떼어 놓을 수가 있겠어? 어떻게?"

나는 루치아노에게 콧노래를 불러 주면서 계속 고개를 끄덕였다.
아기의 속눈썹이 파닥여 작고 까만 뺨에 닿을 듯했다.

어디서 읽었는데,
이렇게 어린 아기도 잘 때 꿈을 꾼다고 했다.

이제는 아빠가 없으니
나는 카를리네를 위해 일자리를 알아봐 주겠다는
공허한 약속을 할 수는 없었다.

"아기와 같이 있을 수 있길 바랄 뿐이야.
너희 이모처럼 내가 기적을 만들어 낼 수 있다면 좋겠어."

카를리네의 이야기를 가볍게 넘기고 싶진 않았지만
카를리네의 주의를 좀 다른 데로 돌릴 필요도 있었다.

내 배다른 자매에 관한 이야기를 꺼냈다.
메시지를 보냈다는 이야기도.
카를리네는 적절한 순간마다 감탄사를 내뱉었다.

카를리네가 내 손을 와락 잡더니
고개를 끄덕이며 말했다.
"잘했어. 네가 해야 할 일을 한 거야, 카미노."

누군가의 승인이 필요했던 건 아니지만,
가슴을 누르고 있던 추가 사라졌다.

나는 내가 꼭 해야 할 일을 했다.

아주 어렸을 때를 빼고는
부모님이 키스하는 걸 본 적이 없어.

그렇다 해도
엄마 입에서 행복하지 않단 말이 나오기란 어려운 법이야.
아빠는 웃음이 많고 말도 많은, 명랑한 사람이었고.

둘 사이에서 점점 커져 가던 틈을 내가 알았더라면.

어릴 땐 아빠와 내가 체스 두는 걸
엄마가 질투하는 게 아닐까 싶었거든.
체스엔 엄마와 같이 나눌 만한 무언가가 없었으니까.

하지만 내가 엄마를 따라 매니큐어를 바르기 시작하고
엄마가 하는 일에 궁금한 게 많아지는 나이가 되었을 때도
둘 사이의 거리는 여전했어.

엄마에게 아빠는 마치
맛이 쓰지만 꼭 먹어야 하는 약이라도 되는 것 같았는데,
이제 와 생각해 보니 어쩌면 그 이상이 아니었을까.

엄마는 다른 부인에 대해 알고 있지 않았을까?
증명서를 보지 않았어도 말이지.

'불행'이란 말에는
얼마나 많은 답 없는 질문들이 담겨 있는 걸까.

리디아 이모가 월요일 밤에 저녁을 먹으러 왔어.
내내 거의 아무 말도 없던 이모가
나에게 대학에 관해 물어보더라.

나는 지원할 학교 목록을 다시 정리해 보는 중이라고 답했지.
엄마가 밥을 먹다 말고 놀라서 고개를 번쩍 들었어.

"내가 네 아빠가 아니라고 해서
네 진학 문제에 관심이 없는 건 아니야.
야아이라, 엄마한테 그런 이야긴 한 번도 하지 않았잖아.
너도 알겠지만 우리 둘뿐이잖니. 네 아빠는,
네 아빠한테는 필요했던 것보다 더 많은 사람이 있었지만."

엄마의 말투가 톱날처럼 뾰족했지.
나는 화가 치밀었어.

내가 뭐라 대꾸하기도 전에
엄마는 접시 위로 포크를 던지곤 방으로 가 버렸어.
술 취해 걷는 사람처럼 슬리퍼를 질질 끌면서.

리디아 이모가 내 손 위에 손을 얹었어.
"엄마는 지금 많이 힘들단다. 두 분 결혼생활이 쉽진 않았고,
너희 엄마는 처리해야 할 일이 너무 많아.

야노 형부가 네게는 훌륭한 아빠였지만,
그리고 네가 아빠를 사랑했다는 거 알지만,
네 아빠가 항상 훌륭한 남편은 아니었어."

한 사람이
가장 가까운 사람들에게
어떻게 그리도 다른 존재가 될 수 있는지
나는 도무지 이해가 안 갔지만

고개를 끄덕였어.
하마터면 다들 알고 있는 거냐고 물어볼 뻔했어.
그런 게 아니라면
내가 먼저 아빠의 이름에 먹칠하는 사람이 될 순 없지.

♦

한번은 테네시주 멤피스에서 열리는 경기에 나간 적이 있어.
엄마 아빠 둘 다 왔지.

행복한 날이었어. 내가 이겼기 때문만이 아니라,
다 함께 미시시피강 보트 투어를 했거든.

햇살이 좋은 날이었고
가이드는 특유의 기막힌 목소리로 우리의 귀를 사로잡았어.

"많은 배들이 이 강바닥에 가라앉았습니다.
그 바람에 많은 황금도 이 아래로 사라져 버렸죠.
강둑이 침식되어 무너진 적도 있고
강가에 세워진 도시들은 번성했다가 또 쇠퇴했지요.

그동안 미시시피강은
차올랐다가 낮아지고, 차올랐다가 낮아졌습니다.
모든 것이 변해도
강물은 차올랐다가 낮아지기를 계속합니다."

무슨 이유에선지 나는 그날의 기억을 떠올렸어.
엄마가 씩씩거리며 방에 들어가 버린 지금.

어떤 것은 영원히 지속되고
분노는 강물과 같을지도 몰라.
주변의 모든 것을 쓸어 갈 수도 있지.
출렁이는 수면 아래 엄청나게 많은 해골을 숨기고 있을지도.

몇 주 만에 소셜 미디어에 로그인했어.
친구들이 달아 놓은 댓글과
생일과 다른 일정의 알림들이 떠 있었어.
그리고 친구 요청이 하나 있었어.

도미니카의 소수아에서,
모르는 여자아이에게서 온 것이었지.

나와 성이 똑같았어. 리오스.
카미노 리오스.

나보다 약간 더 연한
갈색빛 피부의 아이였어.

커다란 눈은 꿰뚫어 보는 듯했지.
미소 짓는 모습이 어딘지 낯익었어.

메시지 알림이 함께 떠 있었지만
그 아이의 프로필 사진에서 눈을 뗄 수가 없었어.

빨간 수영복을 입은 그 아이의 어깨에
우리 아빠가 팔을 두르고 있었으니까.

아래로 아래로 떨어지듯 아득한 기분
숨을 쉴 수 없었지.

♦

뭐라 할 수 없는 감정이 가슴속에서
점점 커지고 커지고 커져서

내 목구멍을 메워 숨이 막히기 전에 나는
엄마를 소리쳐 불렀어.

엄마가 후다닥 방으로 뛰어 들어왔어.
요즘 들어 엄마가 그렇게 빨리 움직인 건 처음이었어.

화면을 가리키며 물었어.
"이 사진 본 적 있어? 왜 아빠가 얘랑 같이 있는 거야?"

가쁜 숨을 헐떡거리며 엄마는
가슴에 손을 탁 얹었지.
마치 마구 뛰는 심장을 멈추는 버튼을 누르는 것처럼 보였어.

"엄마, 얜 누구야?
내가 모르는 사촌이야? 얘는 누구냐고?"

말하면서도 나는
그건 아니라는 걸 알았어.

"야아이라, 아빠가 네겐 영웅이었다는 걸 알아.
아빠가 네게 그런 존재로 남도록 엄마는 최선을 다했어.
그 여자아이는, 네 아빠의 딸이야."

♦

아빠에게는 아내만 한 명 더 있었던 게 아니라
자식도 한 명 더 있었구나.

떨리는 손으로 겨우, 노트북을 덮었어.

책상 위 모든 것을 죄다 쓸어버리고 싶어졌기 때문에.
아빠와 저 여자아이가 마룻바닥에 내동댕이쳐져
산산조각 나는 것을 보고 싶었기 때문에.

나와 유전자 절반을 공유하는 사람이 어엿이 존재한다는 사실을
어떻게 아무도 말해 주지 않을 수 있지?

지금껏 나는 있는 힘을 다해 함구해 왔는데.
아빠의 비밀스러운 결혼생활에
아이까지 있을 줄은 상상조차 못 했으니까.

아니, 그리 비밀스럽지 않은 결혼이었는지도.
다들 알고 있는 것 같으니.

내가 그토록 보호하려 애썼던 엄마조차
더 많은 것을 알고 있었어.

아빠의 숨겨진 진실을 받아들이는 데
나는 거의 열두 달이 걸렸는데
그게 전부가 아니었다니.

속이 뒤집혔어.
쓰러질 것만 같았어.

고개를 떨구자 엄마가 내 등에 손을 올렸어.
나는 몸을 틀어 피했어.

우리가 여태 삼켜 온 모든 거짓들이
몸 안에서 썩어 가고 있는 듯했지.

♦

"아무도 나한테 말해 주지 않았다는 걸 믿을 수가 없어."

"어떻게 말하겠니?
우린 네게 짐을 안겨 주고 싶지 않았어."

나는 노트북을 가리켰어.
"이건 내가 몰랐던 거야.
이런 사람이 있을 줄은 꿈에도 몰랐다고."

내가 숨을 헐떡이자
엄마는 다시 내 등을 쓰다듬는 대신
부드럽고 나지막한 목소리로 말했어.

"숨 쉬어, 야아이라. 숨을 쉬어 봐."

땅바닥에 떨어진 실타래가 된 기분
이 진실에서 달아나려
계속해서 데굴데굴 구르는.

자매,
자매라니.
내게 자매가 있다니.

♦

엄마는 낯선 인물들이 등장하는 이야기를 들려주었어.
엄마는 애를 썼지만 나는 완전히 동떨어진 기분이었어.

"그 여자는 내 친구였어. 아빠의 다른 부인 말이야.
엄마는 사실 그 친구를 통해 아빠를 만났어."

아빠는 엄마와 먼저 결혼하고 나서 그 여자와 결혼했대.
그러니 엄밀히는 법적으로 승인되지 않은 결혼이었지.

그 여자는 그 사실을 몰랐다고 했어.
나중에, 한참 나중에서야 알았다고.

엄마는 외할아버지의 반대를 무릅쓰고 아빠와 결혼했어.
외할아버지는 지위가 높은 군인이었고
딸이 더 성공한 남자와 결혼하길 바랐거든.

아빠가 배신한 걸 알았을 때 엄마는
죽을 것만 같았대.

아빠와 결혼하느라 엄마는 모든 사람을 등져야 했는데
아빠는 불과 몇 달 뒤에 엄마를 배신하다니.

이야기를 하는 내내 엄마의 목소리는 갈라졌고
그 목소리에 내 마음도 찢어졌어.

그리고 예상하지 못한 이야기가 이어졌어.

"그 여자는 죽었단다. 거의 10년 전 일이지.
너희 아빤 그 충격에서 헤어나지를 못했어.
나도 그래.
그 애가 멀리 사라져 버렸으면 하고 바랐지만
그런 건 생각지도 못했어. 그런 식으로 되리라고는."

나는 죽었다는 그 여자가 미웠어.
말하는 것만으로도 엄마를 이토록 슬프게 하는 그 사람이.
죽었다는 그 여자와 그 여자의 딸 때문에 아빠는
비행기를 탔고, 바다로 추락했어.

서서히
모든 조각이 한데 모이고 있었어.

내가 죽은 여자와 그 딸을 미워하듯
그 딸은 아마 나를 미워하고 있을 거야.
나 때문에 아빠가 자기 곁을 떠났으니까.

♦

무작정 엄마에게 물었어.
왜였냐고.

엄마는 내 질문을 이해하려고
곰곰이 생각하는 듯했어.

다, 전부 다 궁금했어.
어째서 아빠는 엄마에게 이런 짓을 했던 걸까?
우리에게 왜 이런 짓을?

"너희 아빠가 한번은 이렇게 말하더라.
나랑 있으면 연기를 하고 있는 것 같다고.
연극의 등장인물이 되어 증명해 보여야 한다고.
명망 있는 장군의 딸과 결혼할 만한 대단한 사람이라는 걸.
하지만 그 여자, 내 친구였던 그 여자,
네 아빠의 어린 시절 친구이기도 했던 그 여자와 함께 있으면,

네 아빠는 가면을 벗어던질 수 있었대.

난 네 아빠가 입 맞추고 싶어 한 불꽃이자 염원이었지만
그 여자는 네 아빠에게 섬 전체를 밝혀 주는 빛 그 자체였지.
나는 네 아빠의 현명한 선택이었고
그 여자는 네 아빠를 꿈꾸는 사람으로 만들었어.

네 아빠는 너희 둘 다 사랑했어. 그건 알아 둬.

그리고 나는, 어쩌면
너희 아빠가 나 또한 사랑했을지 모른다고 생각하기도 해.
그 여자뿐만이 아니라.

야노는 복잡한 사람이었어.

그 여자가 죽고 나서
나는 그 아이를 이곳으로 데려오는 걸 반대했어.
너무 지나쳤지. 모르겠다. 설명을 못 하겠구나.
네 아빠는 그 아이 인생에서 자신이 사라지는 걸 원하지 않았어.
그 아이를 완전히 버리는 일은 절대 하지 않으려 했지.
이제는 엄마도 알겠어.
네 아빠에게 그런 걸 요구하지는 말았어야 했는데.

그러니까 네 아빠는
인생이라는 무대 위에서, 그 모든 역할들 속에서
길을 잃었던 거야."

♦

엄마는 내게 모든 걸 말해 주고
몹시 피곤해 보였어.

나 역시 몹시 지쳤지.
엄마도 눈치챈 것 같아.
엄마에게서, 이 모든 사실에서 잠시 떨어져 쉴 틈이
내게 필요하다는 것을.

엄마의 굿나잇키스에 나는 아무런 반응도 하지 않았어.

엄마의 잘못이 아니라는 걸
머리로는 분명히 알고 있지만

지금까지 속은 게 너무나 끔찍하고
엄마는 지금 내 앞에 있는,
내가 화를 낼 수 있는 유일한 사람인걸.

나는 노려보았어.
카미노 리오스가 내게 보낸 메시지를.

나는 노려보았어.
내가 아닌 카미노 리오스를 아빠가 자랑스레
끌어안고 있는 사진을.

메시지를 지워 버릴 수도 있어.
지워 버리는 게 낫겠어.
내가 왜 알지도 못하는 애한테 답을 해야 하지?
친구 요청은 거부할 거야.

성적표를 받고 집에 오니
태블릿에는 파랗게 빛나는 알림 표시가 떠 있었다.

메시지를 보낸 지 며칠이 지나
그 아이가 메시지를 보리라는 생각을 접고
수신 확인을 하는 짓도 그만두었는데
그런데 이제 와서

답장이 왔다.

이모가 먹고 싶은 게 있냐고 묻는데
속이 울렁거려서 뭘 먹을 수 있을 것 같지 않았다.
태블릿 잠금을 풀고 심호흡을 했다.

야아이라라는 아이가 보내온 질문들이
주르르 펼쳐졌다.
그 아이는 내 존재를 몰랐던 게 분명했다.

♦

야아이라 리오스 님에게서 온 메시지:

너는 몇 살이니?
아빠가 가면 너랑 같이 있었니?

도미니카 어디에 사니?
미국에 와 본 적 있어?

누구랑 같이 살아?
다른 형제자매는 있니?

아빠가 돌아가신 걸 어떻게 알았어?
우리 영상통화해야 할 것 같아.

♦

기억을 되짚어 보면
내 곁에는 늘 이모뿐이었다.
아빠는 목소리와 화면 속 얼굴로만 존재했던 사람이었다.

여름은 늘 너무나 짧았다.
나는 형제자매가 있길 바라진 않았다.
머리카락을 같이 땋으며 놀 누군가가 있으면 했던 것도 아니었다.

가끔은, 잘 알지도 못하는 엄마가 보고 싶어지기는 했다.
그래도 대부분 내가 필요로 한 보호자는 이모였다.
내가 원한다고 여겼던 가족의 전부.

외동아이로 지내다가
나와 비슷한 얼굴을 지닌 누군가를 보는 건 이상한 일이다.
이제 그런 사람이 있고
그 사람은 바로 내 자매라고 한다.

어제만 해도 그 아이는 그저 이름에 불과했다.
내가 바라 온 미래를 쥔 어떤 이의 이름.

이제는 피와 살로 이루어진 여자아이가
이모 다음으로
가족이라고 할 수 있는 사람이 되어 있었다.

♦

답장을 하지 않았다.
내가 메시지를 읽었다는 사실이
상대에게 표시된다는 것을 알면서도.
무슨 말을 하고 싶은지 생각할 시간이 필요했다.

내가 한 짓을 이모에게 말할 생각에 초조했다.
그 아이에게 먼저 연락해 아빠의 비밀을,
내가 존재한다는 사실을 말해 버렸다고.

내가 무슨 소리를 냈나 보다.
책을 읽던 이모가 고개를 들었다.
아니면 이모의 신비한 감으로 알게 된 것일 수도.
뒷마당의 수탉이 저녁을 알리며 울었다.

"제가 야아이라에게 먼저 연락했어요. 아빠의 다른 딸이요.
그 아이가 답장을 보내왔어요."
이모는 책을 내려놓고는 딱히 아무 말도 하지 않았다.
"그 아이가 얘기 좀 하재요. 영상통화하고 싶대요."

그리고
별안간 울음이 터졌다.
나는 가슴까지 들썩거리며 흐느껴 울었다.

이모는 예상했던 모양이었다.
나를 이모 쪽으로 끌어당겨 안으며 말했다.
"자, 얘야. 자, 자, 쉬이."

♦

내가 야아이라라는 아이에게 보낸 답장:

안녕.
그래. 우리 얘기 좀 해야 할 것 같아.

"너는 이 정사각형 안에 있는 거야.
정사각형끼리는 겹쳐지지 않아."

아빠는 내게 가르쳐 줬어.
체스 말에게는 각각의 공간이 있다고.

체스 말은 각각의 방식대로 움직이고
말마다 각각의 용도가 있다고.

체스 말 두 개가
같은 정사각형에 존재하는 순간은 오직
두 번째 말이 원래 있던 말을 쓰러뜨릴 때뿐.

이제 나는 알아.
아빠는 이 집과 저 집에 동시에 있을 수 없었어.

여기 있을 때는 우리 아빠였지.
저쪽에 가 있을 때는 저쪽 아빠였고.

아빠는 이 집에서 저 집으로 매끄럽게 옮겨 다녔어.
정사각형에서 정사각형으로
절대 뒤돌아보지 않고

그런 까닭에 아빠가 거기 가 있는 동안
나는 아빠 소식을 거의 들을 수 없었던 거야.

그런 까닭에 도미니카의 그 아이는
내게 메시지를 보내야 했던 거야.

아빠는 내게 가르쳐 줬어.
모든 행보에는 의도가 있다고.

아빠의 의도는 뭐였어?
대체, 무슨 의도였냐고.

우리는 아무 말도 않고 밥을 먹었어.
아빠 일 이후로 우리는 식탁에 앉지 않아.
접시를 가지고 소파로 가서
무릎에 올려 두고 먹는 척을 하지.

엄마가 몇 주간 화장하는 것을 못 봤어.
요즘 신는 신발이라고는 질질 끌고 다니는 슬리퍼뿐.

중간중간 티브이 광고를 보면서 나는 휴대전화를 봤어.
학기가 끝난 탓에 숙제도 없어서
이 적막함 속에서 달리 할 일이 없었어.

그래서 오늘 엄마가
읽던 소설을 내려놓고 입을 열었을 때
나는 깜짝 놀라 버린 거야.

"네 미래에 대한 계획을 좀 세워야겠어.
남은 가족이라고는 우리뿐이잖니."

♦

유언장을 두고 법적으로 싸우고 싶지 않기에
아빠의 유해는 도미니카로 옮겨져 묻힐 거라고

엄마는 거기까지 얘기하고 입을 닫았어.

엄마가 자러 들어가자 나는
여행을 위해 무엇이 필요한지 찾아보기 시작했어.

우습게도 돈만 있으면 다른 건 전혀 문제가 되지 않았어.
단 몇 분 만에 원하는 것을 이렇게 쉽게 얻을 수 있다니.

다행스럽게도 내겐 여권이 있거든.
아빠가 1년 전에 만들어 줬어.
해외 체스 대회를 염두에 둔 것이 분명했지.

비행기표는 엄마의 신용카드로 끊었어.
컴퓨터에 비밀번호가 저장돼 있었거든.
엄마 계좌에 로그인해 돈이 충분한지도 확인했어.

이 일을 실행할 용기가 내게 있는지
아직도 잘 모르겠지만
이 여정에 한 사람이 더 필요하다는 사실만은 알아.

어떻게 해서든
무슨 수를 쓰든
아빠가 땅에 묻히는 날 나는 거기 있어야만 해.

그러니까,

나는 내 언니와 만나야 해.

♦

잘 모르겠어.

내가 얼마나
카미노를 만나고 싶은 건지

갑자기 자매가 생겼고
그건 거의

젠장, 이게 뭐야 싶은 일이지만
어쩌면

내 마음 한구석에서는
그 아이를
아빠의 일부라고 여기는지도.

그 아이 안에
대답이 있을 것만 같아.

아빠가 답하지 못하고 간
모든 질문에 대한 대답이.

어떻게 그 아이가 지금까지
나 없이 존재할 수 있었지?

그 아이 없이 나는?

엄마가 학교에 왔던
그날 아침 이후
제대로 이해할 수 있는 것은 하나도 없었지만

이거 하나는 알고 있어.
내가 알게 될 게 무엇이든 간에

거기 가야 한다는 것을.

엄마는 카미노의 메시지에 관해서
다시 물어보지 않았어.

나 역시 그 뒤로 어떻게 되었는지
엄마에게 알려 주지 않았어.

드레에게는 말했어.
혼자 품고 있다가는 미칠 것만 같았으니까.

드레는 고개를 흔들며
크게 휘파람 소리를 냈지.

"와우, 리오스 아저씨가 그런 걸 감추고 있었다니
누가 짐작이나 했겠어?"

조금 있다가 드레는 덧붙였어.
"네가 모르는 편이 나았을까?"

어떻게
한 사람을 통째로 잃었다가
한 조각을 되찾았는데

그게 난생처음 보는 조각일 수 있는 거지?

"그 아이를 만나야 할 것 같아.
도미니카에 아빠가 묻힐 때 말이야."

드레는 망설이지 않고 고개를 끄덕였어.
"그래. 마땅히 그래야지."

드레는 나에게
위안을 주려고 한 말이었지만
미묘한 불쾌감에 심사가 뒤틀렸어.

마땅히 그래야 할 일이란 걸
드레가 어떻게 알지?

이런 상황에서 감히 누가
옳고 그름을 그렇게 쉽게 알 수 있냐고.

모두가 한쪽으로 기울어진 채
빙글빙글 돌고 있는 것만 같은데.

아무래도 나는
내 동생이라는 애가 싫은 것 같다.

그 아이는 비행기표를 예매했다고
내게 메시지를 보냈다.

어찌나 쉽게 말하던지.
끝도 없이 이어지는 서류 작업도 없었을 테고
그 아이가 비자에 허용된 기간보다 더 오래 머물지는 않을지
아무도 궁금해하지 않았을 테지.

아빠가 나를 미국으로 데려가려고
애썼던 그 세월을,
그 아이는 간단하게 통과했다.
미국 비자를 갖고 있으니
뭐, 어느 나라에서든 환영해 주겠지.

태블릿을 너무 세게 쥐고 말았다.
화면에 금이 안 간 게 놀라울 정도로.

그 아이가 여기 오는 것을
그 아이의 엄마가 허락하지 않을 것이기에
엄마에게 말하지 않고 올 계획이라고 했다.

그건 쉬운 일이 아닐 것이다.
만약 내가 그랬다면
이모는 날 완전히 죽여 버렸겠지.
그런 다음 영혼들로 하여금 나를 되살리게 했겠지.
그래야 나를 계속 죽일 수 있으니.

미운 만큼이나
감탄할 수밖에 없었다.
그 아이가 이곳에 오기 위해 벌이는 일들에.

내가 그곳에 가기 위해 벌일 일들에
그 아이도 감탄하면 좋겠는데.

카를리네가 아기를 낳은 지 3주가 지났다.
나는 며칠에 한 번씩 들른다.

오늘은 비타민과 천 기저귀를 머리에 이고
양손은 자유롭게 앞뒤로 흔들며 걸었다.
엄마는 망고 보따리를 이런 식으로 시장에 날랐다고 한다.
어렸을 때 엄마가 해 준 얘기다.

오늘 같은 아침이면 나는 엄마인 척을 해 본다.
정수리에 물동이를 아무렇지 않게 이고 갈 수 있는 여자아이인 척,
열기에 데지 않고 맨발로 걸을 수 있는 여자아이인 척.

그러나 나는 조던 운동화를 신고 있다.
이제 보니 내 동생이 먼저 신었던 것 같다.

조던 운동화는 아빠가 줬을 때부터
새것이 아니었다.
그 모든 중고 신발과 헌 옷들은 돌이켜 생각해 보니
아빠의 다른 딸이 신고 입다가 물려준 것이 분명했다.

집에 도착하니 카를리네는 혼자였다.
엄지손톱을 물어뜯고 있었다.
루치아노는 요람에서 조용히 자고 있었다.

다른 나라에서라면
이 아기는 아직도 중환자실에 있겠지.
그러나 이들은 병원비를 감당할 수도, 병원에 합법적으로 찾아갈 수도 없는
크레올어*를 쓰는 사람들이다.

카를리네는 입 밖으로 소리 내어 말하지는 않으려 하지만
아직도 아기가 죽을 것이라 여기고 있다.
아기는 너무나 작디작았다.

* 아이티 크레올어는 프랑스어를 기반으로 하는 아이티의 공용어이다.

♦

카를리네가 내게서 꾸러미를 받아 들고는
보석이라도 되는 양 천천히 매듭을 끌렀다.
나는 아기를 깨워 잠깐 살펴봐도 되냐고 물었다.

이모는 내게 아기 심장 소리 듣는 법과
목구멍에 면봉을 넣어 가래가 있는지 확인하는 법을 가르쳐 주었다.
목을 만져 열이 있는지 보는 법이며
탯줄이 떨어진 자리에 감염이 있는지 살피는 법도 알려 주었다.

카를리네는 고개를 끄덕였지만
눈으로는 조심하라고 말하고 있었다.
우리가 친구이긴 해도 카를리네는 이제 엄마가 되었기에
혹시라도 아기가 다치지 않을까 경계할 수밖에 없다.

카를리네의 말이, 넬손은 뼈 빠지게 일을 하고 있다 했다.
세 식구가 작은 집에서 독립해 나와서 먹고살 돈을 벌기 위해
학교를 그만두는 것도 고려하고 있다 했다.

카를리네에게 다 잘될 거라고,
흔해 빠진 위로나마 해 주고 싶었지만
다 잘되는 경우란 정말이지 별로 없었다.

많은 아이들이 학교를 끝까지 다니지 못했다.
꿈을 좇지도 못했다. 그런 건 티브이 드라마에서나 가능한 얘기였다.

말랑하고 근사한 말 대신
나는 깨끗하게 마른 수건을 개키고
설거지할 그릇을 차곡차곡 쌓아 정리했다.
비질을 하며 조금이라도 도움이 되고자 했다.
내가 카를리네에게 줄 수 있는 최선의 선물이었다.

♦

아빠에게 다른 가정이 있다는 것 또한
정말이지 흔치 않은 경우이다.

야아이라가 내게 보낸 메시지를 보면
그 아이는 말도 못 할 정도로 배신당한 기분인 듯했다.
아빠가 이런 사람이었다고는 도저히 믿을 수 없는 듯했다.

그러나 나는 사람에게는 다양한 면이 있다는 걸 안다.
동전 던지기로 중요한 결정을 내리기도 하고
한 입으로 두말하다가도
너무나 이타적으로 자신을 쪼개고 또 쪼개어 내주기도 한다.

카를리네에게 이런 말은 전혀 하지 않았다.
나는 아기를 카를리네에게 안겨 주며
다음 주에 다시 들르겠다고 했다.
카를리네가 메시지의 답장을 받았는지 물었지만,

나는 하고 싶은 말을 눌러 참는 데는 재주가 없는 편이지만,
그렇지만 뭐 하러 카를리네에게 또 다른 짐을 지운단 말인가?
한편으로는 좀 창피하기도 했다.

그제야 알게 되었다.

우리 아빠는 가장 친한 친구에게도 말하지 못할
비밀이 되어 버렸다.
아빠는 이제 입에 담기 힘든 이름이 되어 버렸다.

♦

내가 바라는 건
아빠가 돌아오는 것뿐.

아빠의
껄껄대는 웃음소리가
벽을 울리면 좋겠다.

아빠가
힘차게 문을 두드리는 소리가
바깥에서 들려오면 좋겠다.

아빠의 얼토당토않은 말도
성나서 내지르는 고함도
스페인어가 섞인 영어로 하는 농담도 듣고 싶다.

아빠의 말투는
좀 차가운 면이 있었다.

기도할 때나 춤출 때면
눈시울이 촉촉해지기도 했다.

동네
여기저기에

아빠의 조각들이 남아 있다.

도미니카 곳곳에
그 너머
미국 뉴욕에까지.

그러나 나는 그 조각들을 하나로 묶을 수가 없다.

흩어진 그 조각들을 끈으로 꽁꽁 묶을 수가
꽁꽁 묶인 그 조각들에 숨을 불어넣어 살릴 수가 없다.

흩어진 그 조각들을 한데 모아 맞출 수가
맞춰진 그 조각들에 빛을 비춰

아빠를,
아빠를 닮은 무언가를 만들어 낼 수가 없다.

♦

뉴스는
비행기 추락 사고에 관한 소식을 더는 전하지 않는다.
최근에 일어난, 더 중요한, 비극적인 사건들을 다룬다.

이웃들은 여전히 창가에 초를 켜 두고
길에서 마주칠 때면
모자를 살짝 기울여 조의를 표하거나
내게 필요한 것이 없는지 물어보지만

나머지 세상의 관심은
더 크고 흥미로운 뉴스로 옮겨 갔다.

우리만 시간 속에 멈춰 있는 듯했다.
여전히 소식이 더 들려오길 기다리며
여전히 이것이 곧 깨어날 악몽이길 바라면서.

바다에 못 가니 몸이 근질거렸다.
나는 괜히 이모를 도와
시럽을 만들고 동네를 돌았다.
이러는 내가 우스워서 자꾸만 실소가 나왔다.

이모가 내 얼굴 앞에 손을 흔들어 보였다.
"마음이 다른 데 가 있네."
이모 말이 맞았다. 내 마음은 저 먼 곳으로 가 있었다.

"넌 네 엄마와 똑같아.
네 엄마는 물가에 있을 때 늘 행복해 보였지.
그래서 말레콘에 가는 걸 좋아했던 거고.
수영하러 갔던 게 언제니?"

바다를 영원히 피해 다닐 수는 없겠지.
특히 지금 같을 때는 더더욱.
방에 돌아와 수영복을 코에 갖다 댔다.
세탁비누 냄새가 자그마한 위안이 되었다.

♦

물속에서
두 팔은 날개

액체로 된 하늘을 가르며
물을 밀어 낸다.

나는 빠르게 나아간다.
이렇게 빠르게 헤엄친 적은 없었다.

먼바다까지 갔다가
다시 해변 쪽으로.

날개가 되었던 두 팔이 아파 왔다.
숨을 크게 들이켜야 했다.

몸을 뒤집어 수면에 등을 대고 둥둥 떠 갔다.
구름 사이로 달이 빼꼼 나타난다.

몸을 세워 해변 쪽을 보았을 때
빌어먹을, 어김없게도 그자가 서 있었다.

"악마가 횃불을 들고
쫓아오기라도 하는 것처럼 수영을 하네?"

나는 조용히 걸어가서는
몸을 털고 반바지에 다리를 집어넣었다.

보이지 않는 척했다.
웅크리고서 내 엉덩이를
뚫어져라 쳐다보는 엘 세로의 얼굴이.

♦

"카미노, 이게 네가 원하는 건가?
네 발밑에 웅크리고 안달하는 거?"

몸이란 기묘한 고깃덩이다.
계속 살아 숨 쉬기 위해
부풀어 올랐다가 다시 오므라드는 걸 보면.

단순한 몇 마디 말로
터질 듯 차오르기도
무언가에 찔린 듯 허물어지기도 하는 걸 보면.

얼음물을 뒤집어쓴 것처럼 오싹 소름이 돋았다.

다른 건 아무것도 생각하지 않고
반대 방향으로 세차고 빠르게
달아나고 싶었다.

"당신한테 원하는 거 없어."
엘 세로는 슬프다는 듯 고개를 저었다.
"네게는 내가 필요해."

좀, 내버려 둬.
날 그냥 내버려 두라고.

♦

해변에서 집으로 오다가 비를 맞았다.
이모는 냄비 한가득 아소파오*를 끓이고 있었다.
쌀과 고기 스튜가 끓으며
월계수 잎 냄새가 집 안을 가득 채웠다.

이모가 나를 보더니
커다란 국자로 태블릿을 가리켰다.

"저게 계속 울려 댔어.
내가 발코니에 그대로 두지 않아서 다행인 줄 알아.
안 그랬으면 비 맞아서 고장 났을걸.
그거 볼륨 좀 줄이렴."

아빠가 이모의 친동생은 아니었지만
둘은 긴 세월을 함께했는데,
나는 아직 이모의 마음은 어떤지 들여다보지도 않았다.

태블릿의 알림음이 연달아 울리고 있었다.
야아이라라는 아이가 영상통화를 하고 싶어 한다.

손에 땀이 났다.
이 아이의 얼굴에서 나는 무엇을 보게 될 것인가?
나는 그것을 볼 준비가 되었나?

* 고기나 생선 등을 넣고 뭉근히 끓인 스튜.

♦

야아이라와 나는
저녁을 먹고 나서 영상통화를 하기로 했다.

약속 시간이 지났지만
나는 계속 부엌에서 꾸물거렸다.
설거지를 하고
남은 음식을 다 쓴 마가린 통에 넣어 두었다.

이모가 드라마를 보러 느릿느릿 방으로 들어가 문을 닫았다.
나는 태블릿을 들고 발코니로 나갔다.
타일 바닥이 아직 젖어 있었고
와이파이도 잘 잡히지 않는 곳이지만.

나는 마치
그 아이와 통화하지 않을 수 있는 이유를
찾으려는 것만 같았다.
부재중 전화가 두 번 와 있었다.

5분 뒤 태블릿이 다시 울렸다.
발코니는 어둑했지만 전화를 받자
그 아이 뒤의 불빛이
환하게, 환하게, 환하게 빛났다.

또렷이 보이는 그 아이 얼굴에
심장이 덜컥 내려앉았다.

아빠와 닮았다.
아빠처럼 곱슬곱슬한 머리, 넓적한 코.
입술 모양은 달랐지만 두꺼운 건 아빠와 비슷했다.

내 자매는 예뻤다. 나보다 더 까맸다.
더 잘 먹고 자란 게 분명해 보였다.

그래도 다른 사람들이 우리를 본다면
자매라는 걸 쉽게 알겠지.
우리는 이목구비가 똑같았다.

우리 중 누구도 말이 없었다.
나는 화면 속 그 아이의 턱을 손가락으로 만져 봤다.
반대쪽 화면에서는 내 손이 보일 것이다.

처음 느끼는 감정이었다.
상실감이 아닌—

아빠의 빈자리가 만든 구멍에
모든 것이 빨려 들어가 버린 공허가 아닌—

그 구멍이 뱉어 내어 준
사람이 지금 내 앞에 있다.

카미노는 나를 더 근사하게 만든 버전 같았지.
구불대는 긴 머리가 젖은 채 등 뒤로 늘어져 있었어.

카미노는 수영을 좋아해서 해변에 다녀왔대.
수영하는 사람처럼 보였어. 팔다리가 길고 가늘었거든.

카미노는 통화하면서 그다지 미소 짓지는 않았어.
나는 덜덜 떨리는 두 손을 꾹 누르고 있었어.
초조해하는 모습을 카미노에게 보이기 싫었으니까.

우리는 잡담을 거의 하지 않았어.
사실 처음 몇 초간은 완전한 침묵뿐이었지.

그 아이의 이목구비를
퍼즐 조각처럼 하나하나 뜯어보니
아빠의 얼굴이 보였어.
각자 엄마에게서 물려받은 게 틀림없는 부분을 비교해 보기도 했어.

이런 말을 했다면
카미노는 전화를 끊어 버렸겠지.

카미노는 나와 통화하는 게
별로 내키지 않는 얼굴이었어.

감정을 잘 통제하는 타입은 아닌 것 같았어.
그래서 내가 할 줄 아는 것으로 넘어갔어. 전략 세우기.

아빠 장례식에 갈 계획을 대강 말한 뒤
카미노가 도와줬으면 하는 부분을 말했어.

카미노는 말을 아꼈어. 망설이고 있었지.
그 아이가 이마에 주름을 잡는 방식이,
내가 아빠의 킹을 잡으려 함정을 둔 게 아닌가
고심할 때의 아빠와 너무나 똑같더라.

마침내 카미노가 고개를 끄덕였어.

엄마와 내가 마지막으로 함께 쇼핑하러 간 게
언제인지 기억도 나지 않아.

우리는 취향이 전혀 달라.
엄마는 크리스마스와 생일마다 내게
짧고 깜찍한 점프수트나 가슴이 깊게 파인 셔츠를 선물했어.
그러면 나는 레깅스를 받쳐 입거나 단추를 끝까지 채워 입었어.

내가 깜찍하지 않다는 게 아니라
우리 모녀의 스타일이 잘 맞지 않는다는 거야.

엄마는 매끈하고도 윤기 나는 머리를 등허리까지 길렀고
청바지는 나보다 더 꽉 끼게 입어. 셔츠도 몸에 딱 맞게 입지.

지난 몇 주간 엄마가
칙칙한 스웨터에 슬리퍼만 신어서 잊고 있었는데,
오늘 새삼 또 알았어.
우리가 걸어가면 남자들이 엄마를 쳐다봐.

엄마는 여성스럽다고 여겨지는 이미지를 다 지녔고
나는 결코 그렇다고 할 수 없는데

카미노라면
나보다 더 엄마 딸처럼 보일 것 같았어.

나는 팔짱을 꽉 끼고 엄마한테 더 가까이 붙었어.
유치한 거 아는데,
그래도 모두에게 보여 주고 싶어.
엄마는 내 거라고. 나만의 엄마라고.

♦

"엄만 내가 엄마를 좀 더 닮았으면 하고 바란 적 없어?
엄마를 쳐다보는 저 사람들이
우리가 어떤 사이인지 궁금해할 것 같지 않아?"
엄마는 내 질문에 당황한 듯 보였어.

"좀 더 닮다니, 무슨 소리야? 넌 날 딱 닮았어.
입술산이 선명하고 아랫입술이 도톰한 데다가
커다란 엄지발가락이며 조개 같은 귀를 봐. 눈동자도 갈색이잖아.
네 아빠한테 피부색이나 곱슬머리, 고집을 물려받았지만
나머지는 모두 나를 닮았어."

엄마는 짜증이 났더라.
딱딱하게 굳어 버린 아래턱을 보면 알 수 있거든.
짜증이 날 때면 내 턱도 똑같아지지.

"다들 내가 아빠와 똑 닮았다고 하잖아."

무슨 이유에선지 나는 엄마를 계속 밀어붙이고 싶었어.
내 안에 존재하는 엄마의 일부들을
엄마가 찾아내 말해 주길 바랐어.

"아이, 엄마아. 알았어, 알았어."
그제야 굳었던 엄마 얼굴이 펴졌어.

길가에 계속 서 있는 바람에 우리는
지나가는 사람들에게 이리저리 떠밀렸어.

사람들은 쇼핑몰로 뛰어 들어가고 나오고 멀어져 갔지.
열기가 피부에 찰싹 달라붙어 있었어.

나는 더운 숨을 깊이 들이마셨어.

◆

“사람들은 너를 아빠 딸이라고 말하길 좋아했지.
그리고 너도 그런 말 듣는 걸 좋아했잖아.
틀림없이 엄마는 좀 유치하다거나 진지하지 않다고 생각했겠지.
아니면 너무 외모에만 신경 쓴다고 생각했든가.

너는 항상 최고의 딸이었어.
이미 너무나도 아름답고.
화장도 잘하고 옷도 잘 입잖니.
아, 그렇지만 어쨌든 머리는 좀 폈으면 좋겠어.

네 스타일과 내 스타일은 당연히 다르지만
엄마의 특징이 네 온몸에 남아 있어.
그걸 굳이 세상 사람들에게
일일이 알려 줄 필요는 없지.”

♦

엄마가 도미니카에서의 장례식에 가지 않겠다고 한 것은
엄연한 진심이긴 했지만

유해를 확인하러 안치소에 갔던 사람도
유해를 어떻게 할지 결정한 사람도
아빠가 좋아하던 군청색 슈트를 골라 장의사에게 건넨 사람도

엄마였어.

집으로 돌아올 때 얼굴이 흙빛이 되어 온 사람
자세한 얘기는 하지 않고 나를 껴안은 사람

"그놈의 금이빨이 있어서 천만다행이야."라고 말한 것도 엄마였고
도미니카 쪽에 전화해 이렇게 말한 사람도 엄마였어.

"관은 꼭 뚜껑을 덮어 두세요.
뭘 하든 상관없지만, 그 아이는 유해를 보지 못하게 해요."

그 아이란 카미노를 의미하고
그건 엄마가 카미노를 위해서 한 말이라는 걸 나는 알았어.

나는 엄마 아빠가 선택한 사랑과 미움의 방식을
잘 이해하지 못하겠어.
그로 인해 엄마는 아빠를 완전히 잃어야 했으니까.

그래도 내가 보기에
엄마는 아빠를 사랑했던 게 틀림없는데, 그렇잖아?

보라색 손수건을 다리고 접는 엄마의 손길은
더할 나위 없이 정성스러웠어.
아빠의 슈트 주머니에 꽂힐 행커치프였지.

♦

아빠는 두 번 장례식을 갖겠지.
아빠는 두 번 조문을 받겠지.

두 나라에서 아빠를 애도할 거야.
이곳과 저곳에서 작별 인사를 건넬 거야.

아빠는 두 가지 인생을 살았지.
아빠에겐 딸이 둘 있었고.

아빠는 둘로 나뉘어
자신을 상대로 게임을 한 사람이었어.

그러면 문제는,
이기는 동시에 반드시
지게 된다는 거였어.

♦

내가 바라는 건
아빠가 돌아오는 것뿐.

아빠의
육중한 발소리가
내 방문 밖에서 들렸으면 좋겠어.

아빠의
바보 같은 말들도
화나서 내지르는 고함도
빠르게 내뱉는 스페인어도 듣고 싶어.

좋아하는 노래가 나올 때면
촉촉해지던 눈도
보고 싶고.

아빠의 조각들이

집 구석구석에
뉴욕 여기저기에
뉴욕을 넘어
그 섬에까지

남아 있어.

하지만 나는
그 조각들을 한데 모아
무언가를,

아빠를 닮은 누군가를
만들어 낼 수 없어.

이번 학기가 몇 주 전 끝났고
나는 청구서 세 개를
이모가 절대로 건드리지 않는 초 아래에 숨겨 놨다.
성자들이 나서서 도와주기만을 바라고 있다.

무슨 수로 돈을 낼지 모르겠다.
부자인 내 배다른 자매와 그 아이의 엄마에게
내가 안중에도 없다면, 젠장.
이모가 먼저 그 청구서를 보는 일만 없기를 바랄 뿐이다.

일주일 하고 조금 더 지나면 7월 29일
나는 열일곱 살이 된다.
아빠의 유해가 땅에 묻히는 날이기도 하다.

그날이 생일인 것을 내 자매가 알지 모르겠다.
말해 주지는 않았다.

바다에 나갔다.
리조트 부표까지 헤엄쳐 갔다가 다시 반대 방향으로 되돌았다.
해변에서 엘 세로가 유심히 지켜보고 있는 것은 적당히 무시했다.

엘 세로가 휴대전화를 꺼내더니 나를 촬영했다.
그 영상으로 뭘 하려는지 생각하고 싶지 않았다.

나는 동네를 한 바퀴 도는 이모를 도왔다.
암 환자 아주머니 집에 가서 이마의 땀을 닦아 주었고
카를리네와 아기 옆에 앉아 있어 주었다.

나는 7월의 끄트머리를

하루하루 손꼽아 기다리고 있었다.

내 자매가 오기로 한 날까지 나흘.

나는 마침내 마음을 다잡고
저녁을 먹은 뒤 그 아이에게 전화했다.

그 아이는 웃으며 전화를 받았지만
웃음은 곧 사라지리라.

“돈을 보내 주지 않으면,
장례식에 관한 어떤 정보도 줄 수 없어. 헛걸음하게 될 거야.
우리 이모도 너를 도와주지 않을걸.”

딱딱하게 굴고 싶지 않았다.
그 아이의 부드러운 눈빛을 마주하며 무언가를 요구하는 일은
내게도 상처가 되었다.

하지만 눈빛이 부드럽다고 해서
내 안에서 점점 커 가는 절박함이 해결되지는 않는다.
아빠를 묻고 나면, 나는 이곳을 떠나야만 할 것이다.

이 마을에서 내게 남은 것은 아무것도 없었다.
탈출구가 점점 작아지는 것이 보였다.

나를 무겁게 짓누르던 말을 쏟아 내듯 내뱉자
야아이라의 얼굴이 멍해졌다.
이내 그 애는 의자에 등을 기대며 말했다.
“당연히 보내 줘야지. 네 돈이기도 하잖아.”

“네 몫을 달라고 날 위협할 필요 없어.
아직 보상금 전부를 다 받진 못했지만
얼마나 보내 줬으면 하는데?”

내가 움찔한 것이 그 아이의 침착한 말투 때문인지
아니면 내 죄책감 때문인지 모르겠다.

말이야 쉽게 할 수 있다.
하지만 아무도, 그 누구도 뭔가를 거저 내주지는 않는다.
인생은 교환하는 것. 체스를 두는 사람이라면 그런 것쯤은 알겠지.

“만 달러. 나머진 네가 가져도 돼.”

목구멍까지 치미는 분노를 꿀꺽 삼켰다.
나 홀로, 내 두 발로 오롯이 서고 말 것이다.

야아이라에게 계좌를 알려 줬다.
그 애는 이번 주까지 보내겠다고 약속했다.

나는 인사도 없이 전화를 끊었다.
그 애가 내게 정붙일 티끌만 한 구실이라도 주지 않으려면
나 역시 정붙이지 않는 것이 가장 쉬운 방법 같았다.

♦

야아이라는 돈을 보내오며 자신의 항공편도 알려 왔다.
엄마가 자세히 확인하지 않는 신용카드로
비행기표를 샀다고 했다.

나더러 공항에 데리러 나와 줄 수 있는지 물었다.
나에게 차가 있다고 생각하는 거냐고 묻고 싶었다.
아니면 내가 노새처럼 자신을 등에 업고 가는 상상이라도 한 걸까?

내가 지금 찢어지게 가난한 아이일지는 몰라도
누구 심부름이나 하는 아이는 아니었다.

어쩌면 그 애는 돈을 줬으니
내가 자기 말을 들어야 한다는 생각이라도 한 걸까?
그런 분위기를 먼저 풍긴 건 나인지도 모른다.

짜증이 났다.
그렇게 돈이 많은데 그냥 택시를 부르면 안 되나?

하지만 솔직히 택시 기사들은 사기꾼들이다.
만약 그 아이에게 무슨 일이라도 생긴다면?
외국인 아이를 혼자 내버려 둬서?

이모는 나를 죽이려 들겠지.
어쩌면 아빠의 유령이 나를 쫓아다닐지도 모른다.
내 죄책감은 말할 것도 없이 나를 따라다닐 테고.

웨스턴 유니언으로 송금받은 돈 때문에
벌써부터 끔찍하다.

그 두툼한 돈 봉투는
어제 아빠의 사진 뒤에 테이프로 붙여 놓았다.
거실에 있는 제단에 놓인 사진이었다.

공항으로 마중 나가겠다고 대답했다.
거기까지 어떻게 갈지 모르겠다고는 말하지 않았다.

이런 게 자매애라는 건가?
불가능한 요구를 가능하게 만드는 협상이라니.

엄마는
내가 유해를 보지 못하게 하겠지.

항공사 쪽에서는 아빠 것으로 추정되는
의복 일부, 뼈, 머리카락, 여행 가방 같은 것들의 사진을
이메일로 보내왔고

나는 아빠와 함께 묻히게 될 그 모든 조각들을
뚫어지게 쳐다보았어.

그리고 생각했어.
관에 담겨 묻히지 않을
아빠가 남기고 간 모든 것들에 대해.

가까스로 버티고 있던 우리 삶의 이음매를 뚫고 터져 나와
점점 부풀어 오르는 의문들과

깨어 있는 매 순간 느껴지는
커다란 빈자리와

아빠가 탄 비행기가 조각나기 훨씬 전부터
조각나 버린, 껍질만 남아 피폐해진 이들.

아빠의 잔해는 우리 곁에 여기저기 흩뿌려져 있어.
앞으로 살아가는 내내 그렇겠지.

아빠를 도미니카로 보내기 전에
경야*가 있을 거라고 엄마가 말했어.

호르헤 삼촌은
지난번 엄마가 삼촌한테 한 말 때문에 감정이 상한 듯 보였지만
우리를 경야 장소까지 태워 주기로 했지.

삼촌은 차 문을 열어 주고는
나를 꼭, 꼭 끌어안았어.

나는 삼촌을 쳐다보는 것도
삼촌의 냄새를 맡는 것도 힘들었어.
가끔 아빠가 돌아가셨다는 사실을 잊어버리려면
아빠와 이렇게나 많이 닮은 호르헤 삼촌을 보면 되겠지.

삼촌의 눈에 눈물이 고였어.
손을 몇 번 내저으며 목소리를 가다듬고 삼촌이 말했어.
"사랑한다. 야아이라, 베야 네그라."

나는 삼촌의 품에 얼굴을 묻은 채 나지막이 속으로 속삭였어.
베야 네그라. 베야 네그라.
아빠는 여기 있어. 우리와 같이 있는 거야.

아빠는 바다 소금으로 방부 처리되었어.
꿀 속에 갇힌 고대의 곤충처럼
정지한 채로, 다른 시간대에 있었지.

* 일가친척과 지인들이 모여 죽은 이를 기리는 일.

아빠는 늘 활동적이었는데.
내 심장까지 터뜨릴 것만 같은
웃음을 짓곤 했어.

아빠의 관 앞에 무릎을 꿇자
속에서 커다란 감정이 솟구쳐 가슴이 들썩거렸어.
하지만 나는 눈을 깜빡거리며 눈물을 참았어.
얼른 어깨를 쫙 폈지.

"절대로 진땀 흘리는 모습을 보이지 마.
경기를 내어 줘야 한다고 해도, 웃으렴."

♦

엄마와 내가 맨 앞줄에 앉자
사람들이 조의를 표하러 왔어.

조의를 표한다니, 참으로 우스운 말이야.
고통이—
그저 껴안아 주고 고개를 숙이는 것만으로
덮이고 가려지기라도 하는 것처럼

내게는 이렇게 길고 긴 조의의 표식 따위 필요 없는데.

존슨 박사님과 같이 온 드레는 내 뒤에 앉았어.
무릎 위에 양손을 올린 채
언제든 나를 안아 주려 벌떡 일어설 준비를 하고서.

사촌들은 어색하게 서성거렸어.
윌슨은 장례식장 뒤쪽에 약혼자와 함께 서 있었지.
커다란 손에는 하얀 카네이션이 한 아름 들려 있더라.

사람들의 조의를 나는
주머니에 접어 넣을 수도,
다발로 묶어 아빠의 묘비 앞에 놓아둘 수도 없어.

조의는 바삐 건네어지고
나는 점점 굳어만 가는 상실의 진흙탕 속에서 질척대고 있어.

♦

윌손은 검은색 버튼다운셔츠와 바지를 입고 있었어.
다른 날 같았으면 나는
면접 보러 가냐며 놀려 댔을 거야.

하지만 오늘은
아빠는 돌아가셨고
그토록 왁자지껄했던 아빠의 몸은 관 속에 있고

그래서 윌손을 놀리지 않았어.
손을 내밀지도 않았어.
살짝 미소만 지어 보이곤 엄마 옆에 앉았지.

아빠는 늘 윌손을 좋아했어.
윌손이 돈을 달라고 했을 때 아빠는 마음이 상했을까?

그랬을 것 같진 않아.
아빠는 씀씀이가 후했으니까.

엄마 아빠 모두 언짢아하지 않는 문제라면
내가 화를 좀 덜 내야 맞는 걸까.

모르겠네.
아빠의 다음 수는 늘 훤히 보였는데.

아빠 얼굴은 꼭 버스 정류장의 광고판처럼
모든 감정을 다 내비쳤거든.

남은 삶 내내
나는 우두커니 앉아 상상해야 하겠지.
아빠라면 이런 순간에 뭐라 말했을지.

그렇게 아빠를 만들어 내겠지.
아빠의 말, 조언들, 우리의 추억들 위에서.

♦

내일 아침에 유해를 도미니카로 보낼 거래.
아마존에서 화장지나 소설책 주문을 처리하듯 그렇게—

사람들이 오고 사람들이 떠났어.
하지만 드레는 끝까지 남아서
시들어 가는 카네이션을 내 손에 꼭 쥐여 주었지.

드레가 그 카네이션을 미리 사서
붐비는 열차 안에서, 갈아탄 버스 안에서 내내 들고 있다가
내게 건넸다는 것을 알아.

"그냥 네게 뭘 좀 주고 싶어서……."
목에 걸린 것 같은 무언가가 두 배로 커졌어.
혓바닥도 부풀어 올라 입을 꽉 막은 것만 같았어.

나는 고개를 끄덕이고는 드레의 카네이션을 받았어.
드레는 내 어깨를 살짝 안아 주었어.

꽃이 아름다워. 마음에 들어. 사랑해.
너는 상처 주지 않는 유일한 존재야.

눈으로 이런 말을 하려 했지.
입으로는 아무런 소리를 낼 수 없었으니까.

♦

아빠의 유해와 함께 갈 거라고
드레에게 말하고 싶지 않았어.

하지만 그 애에게는 어떤 것도 숨길 수가 없어서
결국에는 말해 버렸지.
아무것도 묻지 말아 달라고 했어.

"네가 갈 거라는 건 알았지만
엄마한테까지 말 안 할 거라고는 생각 못 했는데."
드레는 걱정스러운 듯 고개를 흔들었어.

"야야, 네가 무슨 짓을 하려는 건지 알아?
영화 속 백인 여자아이처럼 훌쩍 떠나 모험을 할 순 없어.
이건 무모한 짓이야."

드레와 같은 생각이고 싶었어. 실제로 그렇기도 했어.
심지어 나는 고개까지 끄덕였는걸.

하지만 내 머릿속을 떠나지 않는 생각은
아빠를 또 혼자 비행기에 태워 보낼 수는 없다는 것.

안 되지. 말도 안 되지.
나는 드레에게 아무 말도 하지 않았어.

드레가 나를 도와 뒷정리를 하는 동안에도,
엄마가 무덤에 놓지도 못할 꽃을 주문하는 동안에도.

그러나 어느 순간
드레가 내 손을 부드럽게 잡자
차갑게 얼어 있던 내 일부가 스르르 녹아내렸어.

장례식장은 로맨틱한 장소가 아니지만
그 순간 드레 품으로
파고들고 싶어 미칠 것 같았어.

"이따가 자고 가도 돼?"
나는 손을 계속 잡은 채로 물었어.

드레는 손을 더 꼭 쥐었어.
"나도 그러고 싶지만 너희 엄마한테 말해야 하지 않을까?
너희 엄마는 지금 진짜로 많이 힘드신 것 같아."

엄마는 외박을 싫어해.
우리 집에도 침대는 많다고.

내 침대에서도 제대로 잘 수 없는데
대체 어느 누구의 침대가 마땅하겠냐고.

♦

어떤 말은 입에서 튀어나오는 순간 알게 돼.
하지 말았어야 할 최악의 말이었다는 걸.

말 한마디가
두 사람 사이를 얼마나 멀찍이 떨어뜨릴 수 있는지와
그 사이를 다시 좁히기란 불가능에 가깝다는 것도.

경야를 마치고
우리는 집으로 돌아가려 택시를 탔어.
난 엄마가 아무 말도 하지 않았으면 했어.

물론 엄마는 말을 했지.
"우리, 여행 다녀오면 어떨까? 네 생일이잖니.
지금 우리한텐 휴가가 필요해. 어디 좀 먼 곳으로 말이야.
아빠도 네 생일을 축하하길 바랐을 거야."

아빠는 내가 장례식에 참석하길 바랐을 거라고
말하지 않았어.
엄마도 잘 알고 있을 테니까.

엄마가 아빠한테 화난 것은 이해해. 나도 그러니까.
하지만 아빠는 형식을 갖추는 걸 중요하게 생각하는 사람이었는데.

관을 제대로 놓는지
사람들이 꽃다발을 제대로 놓으며 적절한 조의를 표하는지
딸이 지켜봐 주지 않는다면
아빠는 절대 묻히고 싶어 하지 않을 거야.

엄마의 말은 태어나서 들어 본 것 중
제일 바보 같은 화제 전환이었어.
세상에 장례식 생각을 하면서 생일 생각을 하는 사람이 어디 있어?
내가 뭘 바랄 수 있을까? 대체 뭘?

"정말 멍청하기 짝이 없는 얘기네. 나 좀 그냥 내버려 둬."
하지 말았어야 할 최악의 말이었어.

엄마와 나 사이에 말뚝 박힌 울타리가 솟아오르는 듯했어.
서로가 보이긴 하지만
너무 높아 넘어갈 수는 없는 장벽이.

♦

드레 집에서 자고 온다고
엄마에게 통보했어.

엄마는
아래턱이 딱딱하게 굳었지만
아무 말도 않았지.

나는 드레 방 창문을 넘은 뒤
미리 챙겨 놓은 짐가방을
낑낑대며 끌어당겼어.

드레가 내게 물었어.
엄마한테 내일 아침 계획을 말했냐고.

품에 안긴 내 몸이
굳어 버린 걸 느낀 게 틀림없어.
수면등을 켜고 나를 쳐다봤으니까.

"야야, 너희 엄마는 진실을 알 권리가 있어.
나는 거짓말을 하고 싶지 않아.
너도 알잖아. 너희 엄마가 나한테 물어볼 거라는 걸."

눈물이 솟았어.
우리 가족은 몇 년이나, 아니 평생 동안
나를 속여 왔는데

그런데도
진실을 말해야만 하는 사람이
바로 나라고?

"드레, 네가 거짓말하는 건 나도 원치 않아.
그저 내가 먼저 출발할 수 있게만 해 줘.
나도 그게 안전하지 않고, 엄마에게 가혹한 일이라는 걸 알지만
내가 해야만 하는 일이야."

드레는 말이 없었어.
수면등을 끄고는
나를 밤새도록 꼭 안아 주었어.

아침에 나는
드레에게 부드럽게 키스했어.

이제 내가
떠날 시간이야.

공항의 탑승 수속을 기다리는 줄에서
나는 관심을 끌지 않으려 애썼어.

미리 찾아보니
나는 곧 열일곱 살이 되니까 보호자 없이도 탈 수 있더라.
한 가지 문제가 있다면
보호자의 동의서를 보여 달라고 할 수도 있다는 거야.

그건 복불복이라고 들었어.
내 탑승 수속을 맡을 담당자에게 달린 일이야.

키오스크에서 티켓을 뽑으려 하는데 계속 에러가 났어.
초조하지 않아. 난 초조하지 않다고.

마침내 차례가 되어
탑승 수속대의 직원이 나를 불렀고
나는 말없이 여권을 건넸어.

직원은 사진을 한 번 보고는, 나를 올려다봤어.
"미성년자시네요. 보호자와 같이 오셨나요?"
나는 아니라고 했어.

직원은 안됐다는 듯 고개를 저었어.
"열일곱 살 이상이라면 상관없겠지만……."

순간 머리가 새하얘졌어.
이대로 돌아갈 수 없어. 돌아가선 안 돼.
난 이 비행기에 꼭 타야만 해.

직원의 눈을 똑바로 바라봤어.
이 일을 한 지 얼마 되지 않은 것 같은, 젊은 사람이었어.
나는 상황을 돌파할 최선의 전략을 떠올렸고
정면으로 부딪치기로 했지.

"아빠를 묻어 드리러 가는 길이에요.
엄마는 저한테 보호자 동행이 필요하다는 걸 모르셨어요."

이제 그다음 말을 꺼낼 차례였어.
어떤 말도 거짓은 아닐 거야.

"아빠는 1112 항공편 탑승객이었어요.
우리 아빠는 1112 비행기 사고로 돌아가셨어요.
아빠의 유해가 오늘 인도돼요."

내 입으로 그 말을 한 것은 처음이었어.
몇 주 전까지 CNN 방송에 도배되었고
기자들이 집에 수차례 전화하기도 했었지만

내 입으로 직접 그 말을 한 건 처음이야.
우리 아빠는 1112 비행기 사고로 돌아가셨어요.

아마 남은 인생 내내 그 사실이 나를 따라다니겠지.
손등으로 눈물을 닦았어.

직원은 눈을 빠르게 깜빡거렸어.
이내 눈을 가늘게 뜨고서는 내 여권을 내려다보았어.

"곧 열일곱 살이 되시네요.
사실 나이 제한은 필수라기보다는 권장 사항에 가까우니까."

직원이 여권을 내게 건넸어.
표를 출력하고
탑승 게이트 번호에 동그라미를 쳐 줬어.

이모가 관절염을 앓는 노인들에게
찜질 약을 가져다주는 동안
나는 산코초를 만들기 시작했다.

소고기와 닭고기를 노릇노릇하게 볶고
유카와 플랜틴의 껍질을 벗기고 썰었다.

여름마다
환영의 의미로 끓이던 스튜였다.

비록
그 애가 이곳에 오는 걸
내가 원하는지조차 잘 모르겠지만

이렇게 하는 게 맞는 것 같았다.
제단에 숨겨 둔 돈은 생각하지 않으려 했다.

이모가 집에 왔을 때
나는 고수 잎을 잘게 썰고 있었다.
작은 절구에는 이미 마늘을 다져 놓았다.

보통 내가 하는 음식은
빨리할 수 있는 것들이었다.
파스텔리토*, 대구살을 곁들인 밥, 토스토네스* 같은 것들.

* 달콤한 재료로 속을 채운 페이스트리.
* 플랜틴을 튀긴 음식.

하지만 산코초는 만드는 데 꼬박 하루가 걸리는 음식이다.
여러 단계를 거쳐, 시간을 차곡차곡 들여야 한다.
인내심이 필요하지만 결과물은 틀림없이 맛있다.

노릇노릇하게 볶고 끓인다. 섞고 물기를 뺀다.
고기와 뿌리채소, 온갖 허브와 소금이 들어간다.
땅에서 난 재료와 정성으로 우려내는 푸짐한 음식이었다.

이모가 가방을 내려놓고 부엌 라디오를 켰다.
시오마라 포르투나*의 목소리가 크게 울려 퍼졌다.
얼마 안 있어 우리는 자연스럽게 노래를 따라 불렀다.

이모는 무언가 수상스러워도 겉으로 내비치지 않는 사람이다.
이모는 잠자코 아보카도를 자르고 밥을 안쳤다.
치놀라* 주스를 만들기 위해 과육을 긁어냈다.

이모는 친구가 별로 없는, 말수 적은 사람이다.
이모 말로는 성자들에게만 비밀을 털어놓는다고 했다.
이모의 침묵이
마법을 위해 마련된 무대처럼 깔렸다.

야아이라는 아빠의 유해와 같은 비행기로 올 것이다.
나는 시계를 보지 않아도
그 아이가 지금 상공 어디쯤 있을지 정확하게 알았다.

* 도미니카의 가수.
* 패션푸르트를 도미니카에서는 치놀라라고 부른다.

16년을 살아오면서 그 경로는 외워 버렸다.
태블릿은 확인하지 않았다. 비행기 걱정은 안 했다.

당연히 비행기 걱정이 되었다.
알지도 못하는 여자아이에 대한 걱정으로 앓아누울 지경이었다.
조리대 위를 닦아 내는 내 손이 덜덜 떨렸다.

이모한테 말해야 했다. 하지만 내가 말하면
이모는 야아이라의 엄마에게 전화할 것이다.
그러면 그 엄마는 야아이라가 보낸 돈에 관해 알게 될 수도,
내가 계획하고 있는 게 무엇인지 알게 될 수도 있었다.

나는 제단 위 초를 켜고
아빠와 야아이라가 안전하게 오게 해 달라고
어떠한 장애물도 없게 해 달라고 기도했다.

비행기 도착 한 시간 전쯤
망설여 왔던 전화를 걸었다.
여자아이에겐 가끔 호의가 필요한 법이니까.

♦

마테오 아저씨 차를 타고 가는 내내
이 미친 계획에 동조한 나 자신을 꾸짖었다.

손에서 땀이 났다.
고장 난 에어컨 때문이 아니었다.

아저씨는 나를 차에 태워 주며 평소처럼 툴툴댔다.
하지만 그 모든 게 섬뜩할 정도로 평소와 같아서
오히려 아저씨가 동요하고 있다는 것을 알았다.
지난번 우리가 함께 차를 탄 날엔
세상이 끝나는 것만 같았는데.

마테오 아저씨한테는 아빠의 유해를 받으러 간다고 말했다.
아빠의 다른 딸을 마중 나가는 길이라고는 말하지 않았다.
그랬다면 아저씨가 이모한테 곧바로 말했을 테니까.

우리는 내내 조용했다.
공항에 가까워질수록 나는 토할 것 같았다.
야아이라와 만날 것을 상상하며 애써 딴생각을 하려 했다.

야아이라와 무엇을 할 것인가?
그 애는 내 침대에서 자야 할 것이다.
그 애는 아마 외국인 억양의 스페인어를 하겠지.

나한테 통역을 해 달라고 하겠지.
어쩌면 얍체같이 내게 요리와 청소를 기대할지도 모른다.
그런 식으로 행동하면
미국으로 돌아가라고 등을 떠밀어 버릴 테다.

도와주겠다고 하지 말았어야 했다.

다 틀렸다. 안다.
내 자매는 얍체가 아니다.
다정하고 사려 깊은 아이였다.
그 아이 눈에 비친 고통은 나의 그것과 같았다.

내가 그 애를 좋아하게 될까 봐
그 애가 내 가족이 되기를 바라게 될까 봐
나는 두렵다.
내 마음엔 그럴 여력이 없는데.

엄지손톱의 매니큐어가 거의 반이나 벗겨진 것을
뒤늦게 깨달았다.
나머지 손가락의 매니큐어도 뜯기로 했다.
그러면 최소한 서로 비슷하게 보이기라도 할 테니까.

퍼뜩 떠올랐던 그 생각은 바보 같은 것이었다.
이제 엉망인 손톱이 하나가 아니라 다섯 개가 되었다.

마테오 아저씨가 공항 터미널에 차를 대었지만
나는 내릴 수가 없었다.
문손잡이를 잡으려 했지만 꼼짝할 수가 없었다.
내 숨이 들락날락하는 소리가 귀를 울렸다.

"카미노, 집으로 갈 때도 태워 주마.
일하는 곳엔 좀 늦어도 괜찮아.
윗사람들도 틀림없이 이해해 줄 거야."

고개를 흔들고 어깨를 돌리며 긴장을 풀었다.
이보다 더한 것도 마주했었다.
저 문 너머에 있는 것보다 더한 것도 나는 견뎠다.

"그러지 않으셔도 돼요. 고맙습니다. 전 괜찮을 거예요."
아저씨는 숱 많은 눈썹을 치켜올리더니
내 팔을 부드럽게 토닥거렸다.

공항 입구에 섰다.
발이 떨어지지 않았다.

마지막으로 이곳에 왔던 날은
그리 오래전이 아니었다.

오늘 같은 평범한 날이었다.
모든 것이 바뀌어 버린 날이었다.
내가 저 안으로 들어갈 수 있을지 알 수 없었다.

♦

마음의 준비를 단단히 하려 했지만
문을 열고 들어가면 곧장 들이닥칠,
거센 물결처럼 밀려올 슬픔에

나는 준비가 되어 있지 않았다.

들어서자마자 스크린을 살폈다.
비행기는 20분 안에 착륙해야 했다.

게이트 번호를 비롯한 모든 정보가 거기 있었다.
한껏 들떠서 가족을 기다리는 사람들 또한 있었다.
누구도 울고 있지 않았다.
흐느끼는 사람도, 크게 소리치는 사람도 없었다.
기쁨, 사랑, 열망 같은 감정들만이 살아 숨 쉬고 있는 것 같았다.

완전히 다른 두 장의 사진을 받아 든 기분이었다.
마음으로는 그 둘을 하나로 겹치고 싶었지만
아빠가 저 문으로 걸어 나오는 일은 없으리라는 걸
머리로는 알고 있었다.

내 동생이 무사히 걸어 나올지는, 머리로도 알 수 없었다.
무슨 일이 생기면 어떡하지?
이륙과 착륙은 비행에서 가장 위험한 순간 아닌가.

아, 그런 생각을 한다는 것만으로도 나를 때리고 싶어졌다.
스크린을 보며 착륙까지 남은 시간을 헤아렸다.
20시간처럼 느껴지는 20분이었다.

갑자기 스크린이 싹 지워졌다.
손이 떨리고 호흡이 가빠지기 시작했다.
뭔가 잘못됐나? 무슨 일이 생겼나?

공항 유니폼을 입은 남자를 붙잡았지만
뭐라고 물어야 할지, 도무지 말이 나오지 않았다.
나는 스크린을 겨우 가리켰다.

성가셔하는 듯했던 그 남자는
얼른 태도를 바꾸어 내 손을 부드럽게 토닥였다.
내가 차마 꺼내지 못한 말을 이해한 게 틀림없었다.
"방금 잘 도착했어요. 아마 정보를 갱신하느라 저렇게 된 것 같아요."

참고 있는 줄도 몰랐던 숨이 휘익 빠져나왔다.
어느새 사람들이 세관 검사대 밖으로 조금씩 나오고 있었다.

모든 것이 정상적이었다.
그때와는 너무나 달랐다.
사람들은 다 잊고 앞으로 나아가고 있었다.
아니면 애초에 잊을 일 자체가 없었던 것인지도.

서류 가방을 들고 정장을 입은 사람들
현란한 청바지에 하이힐을 신은 늘씬한 여자들
마호가니 지팡이를 든 의기양양한 아주머니들

마침내
머리가 꼬불꼬불한 예쁜 여자아이가 나왔다.
분홍색 짐가방을 손에 든 라틴아메리카계 여자아이였다.
생각이 많아 보이긴 했으나 단호한 표정이었다.
누가 기다리고 있을 거라고는 생각도 안 하는 사람처럼 보였다.

그 애가 눈으로 사람들을 훑었다.
그 눈길이 나를 스쳐 지나갔다.

잠시 후 그 애가 다시 나를 보았다.
내 눈에 눈물이 고였다.
따끔거리는 눈물이 도로 들어가게 하려고
천장의 불빛을 쳐다보았다.

다시 고개를 내렸을 때
내 앞에 그 아이가 서 있었다.

카미노와 야아이라, 같은 곳에서

♦

비행기 타는 걸 무서워한 적은 없었어.
하지만 오늘은 비행기가 뜨자 가슴이 덜컥 내려앉더라.

나는 가운데 자리에 앉았는데
옆자리 할머니가 비행기 창문의 블라인드를 내내 올려 두었어.
창밖을 슬쩍 보니 아래엔 시퍼렇고 거대한 바다가 펼쳐져 있었지.

그 뒤로는 눈을 꼭 감고 있었어.
승무원이 주스를 마시겠느냐고 물어볼 때도
옆자리 남자가 크게 방귀를 뀌었을 때도
기장이 곧 착륙할 거라는 방송을 할 때도.

비행기 바퀴가 땅에 닿는 순간엔
심장이 터져 나갈 것만 같았는데

서서히 속도가 줄어 갈 때
몇몇 탑승객이 별안간 박수를 쳤어.

옆자리에 앉은 할머니가 내게 스페인어로 말했어.
"요즘엔 잘 안 그러긴 하던데, 이 비행기엔
고향으로 돌아오는 도미니카 사람들이 많이 탄 모양이야."

"땅에 닿으면,
무사히 착륙하면 박수를 치는 거란다.
탈 없이 돌아오게 해 주신 신께 감사드리는 거야."

나는 할머니에게 웃어 보였어.

♦

대회에 참가하느라
미국에선 비행기를 여러 번 타 봤지만
다른 나라에 온 것은 이번이 처음이야.

공항의 모든 안내판이
두 가지 언어로 되어 있었어.
입국 심사대의 줄이 길었어.

비행기 안에서 써넣은 서식을 훑어보았어.
내 모든 정보가 적혀 있었지.
10달러를 내고 여행자 카드를 발급받았지만
입국이 거부될까 봐 걱정이 됐어.

이곳에 왜 왔으며 어디서 머물 거냐는
직원의 질문에 모두 답했어.

아빠의 장례식 얘기를 꺼내자
직원의 눈이 조금 부드러워졌어.

직원이 내 여권을 스캔했고
나는 문 너머로 걸어 나갔어.

이곳으로

나는 이곳으로 왔어.
이곳에 있어.
그리고

내 시야에 그 아이가 들어왔어.
그 아이의 시야에도 내가 들어 있었지.

♦

카미노가 손을 뻗어 내 뺨을 만졌어.
"넌 아빠를 닮았구나."

내가 아빠를 많이 닮은 건 사실이야.
하지만 이 아이도 그랬지.
실제로 보니 거울을 보는 것과는 꽤 달랐어.

눈동자는 연한 녹갈색이고 속눈썹이 길었어.
나는 몸에 굴곡이 많은 편인데 이 아이는 모델처럼 늘씬했어.

잠깐이지만
이 애를 때려 주고 싶었어.
내 얼굴을 하고 있다니.
야아이라의 또 다른 버전이라니.

아빠의 딸인 게 너무나도 분명해 보였어.
이내 죄책감이 몰려왔어.
나는 아빠가 이 아이에게 남기고 간 사람이었지.

카미노가 영상통화할 때 말해 줬어.
아빠는 자기를 '인디아 린다'*라고 불렀다고.
아빠가 저 아이에게서 본 것이 무엇인지 궁금했어.

카미노의 눈에 눈물이 차올랐지만
울지 않으리라는 것을 알았지.
눈물을 누를 수 있는 아이 같았으니까.

* '어여쁜 인디오'라는 뜻.

"넌 아빠와 많이 닮았어. 눈만 빼고.
아빠는 결코 감정을 숨기질 못했는데 너는,
블라인드 내리는 법을 아는구나."

카미노의 말은
내가 나의 모든 분노를 잘 감추고 있다는 뜻이었어.
무표정하다는 의미였지.
마치 체스판 앞에 앉아 있을 때처럼.

"우리 둘 다 아빠를 닮았네.
네 눈은 엄마를 닮은 거겠구나."

카미노는 고개를 끄덕이고는 크게 숨을 들이마셨어.
엄마를 언급하니까
표정에서 부드러움이 사라져 버렸어.

카미노가 손을 내렸어.
우리는 한 발짝씩 뒤로 물러섰지.

♦

물어보지도 않고 카미노는
내 가방을 가져가 어깨에 들쳐 멨어.

실내를 벗어나자마자
묵직한 습기와 여기저기 오가는 사람들에 휩싸여
정신이 하나도 없었어.

슬랙스나 알록달록한 원피스를 입은 사람들이 서로 껴안고
아기들이 엄마의 다리에 매달리고
반바지에 모자 차림의 소년들이 껌을 팔며 돌아다녔어.

카미노는
저마다 아우성을 치는 사람들을 손쉽게 헤치며
다 망가진 차에 기댄 껄렁껄렁한 남자 쪽으로 향했어.

씨익 웃어 보이는 그 남자를
아빠가 봤다면 커다란 금반지를 만지작거렸을 거야.
내 딸에게 치근대는 놈이면 누구든
얼굴에 박아 넣어 주겠다고 말하던 그 반지 말이야.

다시 말해 그 남자는 골칫거리처럼 보였어.
나는 걸음을 멈추고 물었어. "저게 우리가 탈 택시야?"
카미노가 어깨를 으쓱했어. "무허가 차가 더 싼 법이야."

나는 고개를 젓고는 인파를 헤치며
택시, 라고 또렷하게 쓰인 차로 향했지.

친절한 웃음을 띤 기사 아저씨가
가방 싣는 걸 도와주었고 택시 문도 잡아 주었어.
카미노의 입은 딱딱하게 일자로 굳어 있었어.

택시를 타고 가면서
창밖 풍경에 대해 카미노에게 물었어.

카미노는 내 스페인어를 듣고 피식 웃더니
영어로 대답해 주었어.

놀란 표정이 내 얼굴에 드러나지 않으면 좋겠는데.
카미노는 완벽한 발음으로 영어를 구사했어.

이렇게 유창하게 말하기까지
틀림없이 피나는 노력을 했겠지. 그에 비하면
내 스페인어는 괜찮은 편으로도 못 쳐줘. 내 모국어인데도.

자매에게 진 것 같은 기분이야.
이제 겨우 시작일 뿐인데.

♦

울타리가 쳐진 청록색 집 앞에서
택시 기사가 차를 세웠어.

카미노가 지갑으로 손을 뻗기도 전에
나는 얼른 기사에게 택시비를 내밀었어.
이걸로 카미노의 기분이 조금 나아지길 바랐어.

하지만 카미노는 낮게 툴툴대더니
말없이 택시에서 내렸어.
오히려 내 돈 때문에 기분이라도 상했다는 듯이.

마당의 뜰에선 어떤 여자가 몸을 구부리고
약초를 뿌리째 뽑고 있었어.

이토록 작고 아늑한 집에
아빠가 있는 모습을 상상할 수가 없었어.
아빠는 이런저런 사치품을 좋아하던 사람이었거든.

집들이 옹기종기 모여 있는
그럭저럭 괜찮은 동네이긴 했지만
떠돌이 개가 거리를 돌아다니고 쓰레기가 배수로에 쌓여 있고
진흙이 돌벽을 타고 올라와 집을 감싸고 있는데.

아빠는 반짝이도록 잘 닦은 구두가
더러워지는 걸 싫어했을 거야.

뜰에 있던 자그마한 여자가 몸을 똑바로 폈어.
나를 힐끔 쳐다보더니
들고 있던 약초를 땅에 떨어뜨렸어.

내 생각에 그 여자는 나를,
매섭게
쏘아보고 있는 것 같았어.

내 뒤쪽을 보고 있었다는 걸 이내 알게 됐지만.
"카미노, 망할 계집애야, 대체 무슨 짓을 한 거야?"

카미노의 이모인 솔라나 아줌마가
성큼 다가와 나를 안았어.
아줌마의 몸은 부들부들 떨리고 있었어.
나는 이 낯선 사람의 온기에, 그 팔에 몸을 기댔어.

묻고 싶은 말이 너무나 많았는데
몸을 떼고 나서 보니 그분의 눈이 촉촉했고
나는 깨달았어. 사실 나에게는 카미노의 이모한테
아빠의 죄를 따지고 싶은 마음이 있었다는 걸.

"엄마는 어디 계시니, 얘야."
카미노를 슬쩍 봤더니 어깨를 으쓱해 보였어.
나더러 알아서 하라는 의미였지.

나는 귓불만 만지작거리며 서 있었어.
카미노의 이모는 카미노를 한번 노려보더니
나를 집으로 데리고 들어갔어.
마치 내가 할머니라도 되는 것처럼 조심스럽게 말이야.

이모는 거실의 탁자에 나를 앉히더니
산코초를 내오며 말했어.
"전부 다 얘기해 보렴.
일단 그 전에 네 언니가 널 위해 만든 것 좀 먹으려무나."

♦

카미노를 도와 차를 끓일 허브를 땄어.
싱싱한 이파리를 따다 보니 자연스럽게 드레 생각이 났지.

지저분한 개 한 마리가
문밖에 앉아 킁킁거리며 냄새를 맡았어.
카미노가 문을 열어 주자
그 개는 조용히 들어와 잡초 위에 자리 잡았어.

"저 개가 어디든 널 따라다니니?" 내가 물었어.

아빠가 우리에게는 개를 키우지 못하게 했다고
카미노에게 말하지 않았어.
내가 아무리 졸라 대도,
엄마가 나한테 좋을 거라며 몇 번이나 얘기해도 말이야.

"아니, 비라 라타는 집 근처에서 절대 멀리 가지 않아.
특히 저쪽으로는 안 가." 카미노가 오른쪽을 가리켰어.

"저쪽은 번화가거든. 전에 차에 치인 적이 있어서
차가 많이 다니는 곳은 피하는 것 같아.

녀석이 이곳을 좋아하는 건
동네 아이들이 남은 음식을 주고
이모의 작은 과일나무 그늘도 있어서일 거야.
옆집 사는 마테오 아저씨는
긴 다리가 달린 개집을 만들어 줬어.
물이 차오르면 올라갈 수 있도록."

하지만 카미노가 문 근처로 다가가
왼쪽 길로 향하는 듯하자
그 개는 벌떡 일어나 짧고 뭉툭한 꼬리를 흔들었어.
카미노가 내 표정을 보고는 웃었어.

"그래, 맞아. 내가 저쪽으로 갈 때만은
가끔 따라오기도 해. 해변을 좋아하거든.
내가 헤엄치는 동안 그늘에서 짭조름한 공기를 즐기지.
우리 둘 다, 짜증 날 땐 해변이 달래 주거든.
그렇지 않니, 비라 라타?"

카미노는 그 개한테 다정했어.
그 다정함이 얄미워서 나는 눈을 돌렸지.
문 너머 길 건너편에 키 큰 남자가 서 있는 것이 보였어.

온몸에 소름이 돋게 만든 것은
그 남자가 카미노를 쳐다보는 눈빛이었어.

카미노가 쓰다듬는 그 개가 자신이었으면 하는 듯했고
카미노에게 이빨을 박아 넣고 싶어 하는 듯했어.

나는 카미노를 작게 부르며 그 남자를 가리켰지만
카미노가 그쪽으로 고개를 돌렸을 때
그 남자는 이미 사라지고 없었어.

♦

하루는 아직 끝나지 않았다.
밤중에 전화벨이 울렸다.

야아이라와 이모는 오랜 친구처럼
소파에 함께 앉아 있었다.
"여보세요?" 하는 내 목소리는 퉁명스러웠다.

그 여자가 너무 빠르게 말하는 바람에
야아이라와 통화하고 싶다는 말만 겨우 들었다.
내가 상상했던 그대로의 목소리였다.

깐깐하게 통제하고
요구하는 것이 많고
뼛속까지 허영심에 절어 있을 것 같은.

내가 전화기를 건네자
야아이라가 눈썹을 치켜올렸다.
야아이라가 전화기를 귀에 대기도 전에
그 여자는 소리를 고래고래 질러 댔다.

이모는 야아이라 등을 부드럽게 토닥였다.
나는 그럴 수 없었다.

이 아이는 동정받을 필요가 없었다.
이 애한텐 적어도 엄마가 있잖은가.
이 애한텐 적어도 선택지가 있지 않은가.
살아오는 내내 부족한 것 없이 컸겠지.

사랑받은 것이 분명했다.
이 아이의 생일은 결코
잊어버리고 지나간 적이 없을 것이다.

장례식 준비에 야아이라까지.
아마 이모는 며칠 뒤가 내 생일이라는 것을 잊어버렸을 것이다.
나는 씁쓸한 감정을 털어 내 보려 했다.

나는 어리석은 아이가 아니다.
하지만 동시에
내 인생은 위태롭게 달리는 오토바이 같다는 생각이 들었다.
비가 와서 미끄러운 도로를 질주하는,
터무니없는 목적지를 향해 쏜살같이 달리는.

엄마가 내일 도미니카로 오겠대.
잔뜩 화가 나서는.

엄마는 허둥지둥 겁에 질린 채
존슨 박사님 집 문을 두드렸던 모양이야.

존슨 박사님이 드레에게 물어봤고
드레는 최대한 침묵을 지키다가 결국 입을 열었대.

솔직히 나는
드레가 그렇게까지 오래 끌어 줘서 놀랐어.
내가 비행기를 타자마자 우리 엄마한테 알리지 않았다니.

세상엔 그리 단순하지 않은 문제도 있다는 걸
아마도 드레는 깨달은 모양이야.

전화 너머로 엄마가 호통을 쳐 댔지만
나는 마음이 놓였고 지극히 만족스러웠어.

아무도 나를
강제로 집에 돌려보낼 수 없어.

사흘 뒤,
유해가 세관을 완전히 통과하고
이 집으로 오기 전까지.

♦

귀신이
있다고 믿어?

대체
무슨 질문이 그래?

모르겠어…….
그저 난…….

당연히 있다고 믿어.
영혼은
어디에나 있어.

진짜로
믿는 거야?

아니라는
거야?

우리 엄마는
귀신 안 믿는데.

뉴욕에는 영혼이
없나 보다.

그러면 넌
아빠의 영혼이
도미니카에 머물 거라고 생각해?

아빠의 영혼은
우리가 아빠를 기억하는 곳이면
어디든 머물 것 같아.

영혼은
동시에 두 장소에
있을 수 있는 거야?

당연하지.
아빠의 영혼이라면
그럴 수 있을 거야.

하긴, 아빠의 영혼은
연습은 충분히 했겠구나.

◆ **52일 후**

엄마가 오기까지는 꼬박 하루가 걸리고
그동안 나는

내 언니의 이모를 알아 갔어.
그분은 나에게도 이모라 부르라고 했지.

언니를 지켜봤어.
언니는 나를 안 보는 척하고 있었지.

모든 게 낯설었어.

천장에서 돌아가는 실링팬도
큰 소리를 내며 돌아가는 발전기도

쉴 새 없이 찾아와
카미노를 껴안고 아빠를 추억하는 이웃들도

도미니카는
내가 머릿속으로 상상한 그 모든 것이었고
동시에 내 상상 이상이었어.

카미노와 함께 쓰는 침대에서
나는 눈을 떴어.

수레에서 과일을 파는 남자가
망고, 아보카도, 토마토, 하고 외치는 소리에 잠이 깼지.

발코니의 흔들의자에 앉아서
붉은색과 푸른색을 띠는 작은 도롱뇽이
파란 벽을 타고 올라가는 모습을 지켜봤어.

이렇게 다양한 색을 본 적이 없어.
집집마다 다른 색으로 칠해 놓았어.

솔라나 이모가 아침 식사로 내온 파파야는
부드럽게 씹혔어.

나는 휴대전화로 사진을 찍고 또 찍어서
드레에게 보냈어.

이곳에서 자란다는 건 어떤 것일지 상상조차 안 가.

그리고
아빠는 어떻게 이렇게 왔다 갔다
생활을 휙휙 바꿀 수 있었는지 모르겠어.

♦

솔라나 이모가 카미노더러
내게 해변을 구경시켜 주라고 했어.
카미노는 움찔했어.
마치 누가 자신을 때리려고 손을 들어 올리기라도 한 것처럼.

나는 못 본 척했어. 하지만 카미노는
내 표정이 살짝 어두워진 걸 본 게 틀림없었어.
이모가 돌아서자마자 이렇게 말했거든.

"해변은 안전하지 않아. 거기에 얼쩡거리는 남자가 있어.
우리 중 누구도 그 남자 눈에 띄어서 좋을 게 없을 것 같아."

카미노가 그러는 건 처음 봤어.
아랫입술을 깨물며 내 눈을 마주치지 않으려 했어.

카미노가 말하는 남자가 어떤 부류인지 알 것 같았어.
카미노에게 말해 주었지.
뉴욕에도 예의범절과 담쌓은 부류가 있다고.

내 말이 끝나자마자
카미노는 내게서 한 발짝 떨어졌어.
역겨워하는 눈으로 나를 보면서.

"야아이라, 네가 뭐라도 안다고 생각해?
쥐뿔도 모르면서."
카미노는 씩씩거리며 뒷마당 쪽으로 가 버렸어.

왜 그렇게 말하는 거지?
그리고 이제 막 만난 사람을
그런 식으로 판단하는 건 어디서 배운 거야?

♦

알고 있다.
내가 필요 이상으로
야아이라에게 사납게 군 것을.

하지만 내가 여태 살아온 삶에 대해 아무것도 모르면서
갑자기 나타나서는
공통점이라도 있는 양 굴었지 않은가.

그 애는 모른다.
어떤 사람도 어떤 상황도.
그러니까, 엘 세로 같은.

꿈꾸기를 그만둔다는 것이 어떤 의미인지도
모르겠지, 그 애는.

모든 이들이
내가 의사가 되지 못할 것이라 여긴다.

치료사인 이모를 돕는
작고 초라한 집의 여자아이,
나는 결코 그 이상이 될 수 없을 것이다.

어쩌면 내 일생 내내
그것으로 충분하다 여겨야겠지.
그래서 꿈이 꿈인 것 아니겠는가.

꿈에서는 언젠가 깨어나게 된다.
하지만 그 애는,
그 애는 계속 구름 위에서 살 테지.

♦

엄마가 작은 프리우스 자동차를 집 앞에 세웠을 때
제일 먼저 내 눈에 들어온 것은

핸들을 꽉 부여잡은 엄마의 두 손이었어.

엄마한테 운전면허가 있는 줄도 몰랐고
실제로 운전을 할 줄은 더더구나 몰랐는데.

긴장이 되었지만 나는
카미노를 붙잡고
움찔거리지 않으려 애썼어.

엄마는 작은 핸드백만 들고 후다닥 내렸지만
차 뒤쪽에 여행 가방이 보였어.

운전석의 문을 닫지도 않은 채 엄마는
나한테 뛰어와 꼬옥, 끌어안았어.

엄마를 겁먹게 했다는 걸 알아.
나도 겁이 났다고
엄마한테 말할 수 있다면 좋을 텐데.

내 옆엔 카미노가 서 있었어.
대리석으로 만든 조각처럼 가만히.

엄마는 내게서 한 걸음 뒤로 물러나더니
입고 있던 바지에 손을 문질렀어.
그리고 카미노 이모의 볼에 뽀뽀하며 인사했지.

그제야 나는
두 분이 원래 아는 사이였다는 사실을 깨달았어.
엄마는 카미노 엄마의 친구였으니
아마 이 집에 와 본 적도 있겠지.

이모와의 어색한 재회 후에
엄마는 카미노를 한참이나 바라보았어.

엄마 눈에도 보이겠지, 우리가 얼마나 닮았는지.
이 아이는 엄마의 몸에서 태어날 수도 있었어.

우리는 어찌나 닮았는지
둘 다 아빠의 딸이라고밖에 할 수 없는 생김새였어.

엄마가 깊게 숨을 들이마셨어. 나도 그랬지.
엄마가 카미노를 어떻게 대할지,
나는 감도 잡히지 않았어.
지금 이 순간 엄마가 어떤 감정을 느끼고 있을지에 대해서도.

분위기를 좀 누그러뜨리고 싶었지만
어떻게 해야 할지 알 수 없었어.

먼저 나선 것은
엄마였어.

엄마는 몸을 기울여
카미노의 뺨 가까이 뽀뽀를 했어.
"카미노, 만나서 반갑구나. 네가 날 모른다는 걸 알아.
네 아버지가 너를 무척이나 사랑했다는 게
작지만 위안이 됐으면 좋겠구나."

♦

엄마와 솔라나 이모는 작은 집 안으로 들어갔어.
카미노와 나는 작은 발코니의 흔들의자에 앉아 있어.

고리버들로 만들어진 흔들의자에 허벅지를 살짝 찔렸어.
바깥에 있는 건 조금 낯설지만 그래도 울타리 안이긴 해.

머리 위의 별들은
짙은 색 융단에 붙여 놓은 큐빅들처럼
흩어져 반짝이고 있어.

카미노가 피우던 시가를 내게 건넸어.
나는 조금 들이마시고는 곧바로 콜록거렸지.

카미노는 웃더니
내 등을 둥글게 문질러 줬어.
그 시가, 냄새만큼 맛이 좋지는 않더라.

"그냥 숨을 쉬어 봐, 야야. 나아질 거야."

얼마 전까지 존재하는 줄도 몰랐던 사람에게서
들려온 그 말이
아빠의 목소리가 되어 울렸어.
숨을 쉬어, 네그라. 그냥 숨을 쉬어 봐.

고통이
가슴속에서 그 입을 쩍 벌렸고

나는 울부짖기 시작했어.
입술 사이로 쏟아져 나오는 흐느낌과
걷잡을 수 없이 쏟아지는 눈물

막을 수가 없었어.
흔들의자가 떨리며 들썩거렸어.

카미노는 작게, 작게, 원을 그리며
내 등을 계속 문질렀어.

"그냥 숨을 쉬어, 야야. 그렇게."

눈물이 쏟아지는 와중에도 보여.
카미노의 눈에도 그렁그렁한 눈물이.
어쩌면 내가 보고 싶은 대로 보는 것일 수도 있지만.

♦

누군가의 언니인 적은 한 번도 없었다.
심지어 동물을 키운 적도 없다.
우리가 잡은 닭은 음식이나 제사에 쓰였고
그런 닭에 이름을 붙여 가며 애지중지해 본 적은 없다.

그러니 이것은 가슴에 막 새겨지기 시작한 이상한 감정이었다.
울며 슬퍼하는 동생이 가엾고 안쓰러운 마음.

누군가를 달래 주는 법에 대해 내가 뭘 알겠는가?
마음의 안식처가 되어 주는 법을 어떻게 알겠는가?
그러나 어쩌면 나는 알고 있는지도.

야야가 내 팔에 안긴 채
내 옷을 적시며 코를 훌쩍이고 있으니까.

아끼는 블라우스인데도
뒤통수를 때리고 싶다는 생각은 들지 않았다.

다음 날 카미노와 나는 한참을 걸어
강으로 갔어.

정말이지 아빠는 어떻게 이렇게
자기의 사랑을, 자기 자신을 둘로 쪼개어
그 조각을 우리에게 각각 심어 놓았는지 궁금할 따름이야.

내가 물가에서 커다란 바위를 붙잡고 발장구를 치고 있을 때
그 애는 돌고래처럼 헤엄을 쳤거든.

나는 잠깐 샘이 나서
체스를 두기만 하면 너를 가루로 만들어 주겠다고 말하고 싶었어.
옹졸한 마음이라는 거 알아.

수영은 카미노에게 휴식이나 다름없어 보였어.
물 아래로 잠긴 어깨, 반짝반짝 빛나는 피부.
여기 와서 본 카미노의 모습 중
가장 행복해 보이는 모습이었어.

반면 나에게 체스는,
스트레스를 해소하는 방법이 아니라
스트레스 그 자체였다고 말해야겠지.

머리로는 온갖 가능성과 결과를 계산하는 동시에
손가락으로는 체스 말을 옮겨야 하는 전쟁은
카미노가 하는 배영하고는 완전히 달랐어.

나는 등을 물에 대고 누운 채 하류 쪽으로 둥둥 떠갔어.
나는 지금 내 자매와 겨루고 있는 게 아니라고
생각하려 애썼어.

속으로 계속 되뇌었지. 우리는 같은 팀이라고.
내가 실제로 그 말을 믿지 않는다고 해도.

뉴욕에서의 경야와는 비교조차 할 수 없었지.
이곳 도미니카의 의례는 말이야.

이모와 카미노가 식 전체를 조율했어.
흰옷을 입은 한 무리의 남자들이 북과 탬버린을 들고 나타나자
엄마는 못마땅한 표정을 지었어.

성당에서 장지가 너무 멀지 않아 다행이었어.
수십 명의 사람이 합류하고 또 합류하는 바람에
우리는 뿌연 흙먼지 속에 한데 뭉친 잿빛 덩어리가 된 채
길을 따라 나아가야 했으니까.

나는 카미노에게서 밝은색 원피스를 빌려 입었어.
우리는 팔짱을 끼고 길을 따라 걸었어.

사람들은 내가 알지 못하는 노래를 불렀고
우리가 이렇게나 수선 피우는 걸
아빠는 무척이나 좋아했을 것 같아.

♦

관이 아래로
내려지고 있어.

땅은
고향의 노래를 부르며
되돌아오는 이를 맞아 주고

엄마는 저 아래로
뛰어내리기라도 할 것처럼 울고

낮게 드리운 마호가니 나무는
어슴푸레 빛나고
나직이 읊조리는 기도 소리.

나는 입술의 땀을 핥았어.
솔라나 이모는 몸을 앞뒤로 흔들고 있었어.

나의 언니가
내 손을 꼭 잡았어.

나는 그 힘을 느끼며
언니의 손을 더욱 꼭 쥐었어.

파헤쳐진 땅
그 구멍에

우리 아빠의 유해가 놓이고
흙이 관 위로 뿌려지고
구멍은 다시 메워지고
땅은 원래대로 되었지만

결코 원래대로는 아니었어.

♦

솔라나 이모는
노베나, 그러니까 9일간의 기도를 시작했어.
유해를 땅속에 묻고 나서 곧바로.

엄마는
집 한구석에 앉아 있어.
기도하지도 않고 움직이지도 않고.

눈물은 엄마의 뺨을 타고 계속 흘러내리지만
단 한 번의 흐느낌도 들리지 않아.

엄마 어깨에 손을 올렸지만 엄마는 꿈쩍도 않았어.

엄마에게 지금 여기 있는 게 얼마나 힘든 일일지
나는 가늠할 수가 없어.

엄마가 내내 지니고 있었을 게 분명한
그 모든 고통스러운 기억들과
오늘 이후로 새롭게 지니게 될 이 모든 기억들까지.

내가 엄마의 얼굴을 이렇게 만들었다는 생각을 하지 않으려 해 봐도
죄책감이 자꾸만 나를 휘감아 와.

이 집을 보는 것이
이곳 사람들과 이야기 나누는 것이
이곳에서의 아빠 모습을 상상하는 것이
엄마에게 얼마나 힘든 일인지가 보이니까.

온갖 사람들이 계속 찾아왔어.
우리가 어제 종일 준비한 음식을 먹으러.
묵주를 굴리며 아빠의 영혼이 천국에 가길 기원하러.

아빠의 영혼은 어디에 있을까?

이곳에 있을까?
이곳에 내내 있었을까?
아빠가 남기고 간 골칫거리 선물 때문에
우리가 저마다 용을 쓰는 걸 내내 지켜보고 있었을까?

♦

노베나가 끝나자
이웃들이 접시에 음식을 담았다.
모두가 음식을 먹었다. 야아이라의 엄마만 빼고.

야아이라의 엄마는 창가에 앉아
무언가를 노려보고 있었으나
아무것도 보고 있지 않은 게 분명했다.

비라 라타조차 뼈다귀 하나를 씹고 있는데.
나는 야아이라의 엄마에게 다가가 서성거렸지만
입이 떨어지지 않았다.

내가 왜 이 아줌마 근처를 맴돌고 있는지 알 수 없었다.
틀림없이 내가 태어나지 않기를 바랐을 사람인데.

내 생각이 들리기라도 한 것처럼
아줌마가 몸을 돌려 지그시 바라보는 바람에
나는 그 자리에 멈춰 설 수밖에 없었다.

"아줌마가 가슴을 계속 문지르는 걸 봤어요.
야아이라가 그러는데 아줌마 살이 많이 빠졌다면서요."

아줌마의 눈이 딸 쪽을 향했다.
야아이라는 후아니타 할머니의 얘기를 듣고 있었다.

나는 알랑거리는 것처럼 보이고 싶지는 않았다.
그렇지만 아줌마가 고통스러워하고 있는 것은 아주 분명했다.
그걸 지켜보는 것도 고통스러운 일이었다.
내 고통을 떠올리게 하니까.

"그러니까, 스트레스가 많다는 뜻이에요.
가슴이 아프고, 식욕이 없는 거요.
아무튼 음식을 좀 담아 왔어요.
드시고 나면 오늘 밤에 주무실 수 있을 거예요.
심호흡하는 거 잊지 마시고요."

내 말투가 건방졌다는 걸 안다.
아줌마는 나를 꾸짖겠지. 그러나—

아줌마는 손을 내밀어
내가 내민 접시를 받아 들었다.
입술 끝을 올리며 부드럽게 웃어 보이기까지 했다.

"그 사람은 늘 말했지. 네가 커서 훌륭한 의사가 될 거라고.
너를 컬럼비아대학에 보낼 계획을 세워 놨더구나.
네가 미국에 오게 되면 가까이 두고 싶다고도 했지.
우리 집은 그 학교 바로 옆인데, 몰랐지?"

몰랐다.
지금 누가 더 놀랐을까.

나일까.
내게는 알리지도 않고서
내 미래를 그려 보고 있었던 아빠 때문에.

아줌마일까.
지금 나와 이렇게 대화하고 있는
자신의 모습 때문에.

꾸벅 고개인사를 하고 자리를 떴다.
우리 둘 중 누군가가 말을 더 꺼내기 전에.

잠시나마
무언의 평화협정을 맺은 것 같았다.
모든 게 다 마무리되었을 때
아줌마가 이 순간을 기억해 주길 바랐다.

♦

너 자꾸 그렇게 시가 피우면 안 돼.
대체 그건 어디서 났어?

이모가 의식을 치를 때 쓰는 거야.
그래서 집에 항상 있어.

의식? 무슨 의식?

와, 넌 이쪽에 대해 알아야 할 게 많구나.
아빠가 지니고 다니던 묵주가 뭔지
궁금하지 않았어?

아빠는 반지 빼곤
다른 장신구는 하지 않았어.

완전히 다른
두 사람이었던 것 같네.

대서양을 사이에 두고
반으로 갈라진 사람 같아.

여기든 저기든
온전히 있던 적은 없었어.
발가락 한 개씩만 걸쳤을 뿐이지.

여기도 저기도 아니었지.

♦

사람들이 모두 떠났을 땐
밤 열한 시가 넘은 시간이었어.

엄마는 씻으러 가며
남편이 다른 여자와 같이 살았던 집에서
잠을 자야 한다니 하고 투덜거렸어.

엄마는 호텔에 묵고 싶어 했지만
내가 여기 머무르길 원했거든.
엄마는 내 곁에 머무르길 원했고.

카미노와 나는 발코니로 나왔어.
흔들의자에 앉아 카미노가
먹구름이 몰려오는 하늘을 가리켰을 때

솔라나 이모가 와서는
카미노를 끌어안았어. 오래, 오래.

"미안하구나. 생일을 이렇게 보내다니."
순간 머리가 멍해졌어.

"오늘이 네 생일이라고?"
카미노는 어깨를 으쓱하고는
이모의 품으로 다시 파고들었어.

자매의 생일날 빈손이라니.
이럴 수는 없었어.

카미노와 같이 쓰는 방으로 들어가
내 여행 가방을 뒤적거렸어.

껌 한 팩
카미노가 좋아할지도 모르는 헤어케어 제품
내 여행 서류와

언젠가 카미노가 갖고 싶어 할 아빠의 서류가 있었지만
선물로 줄 만한 것은 아무것도 없었지.

♦

자정이면 오늘도 끝이 난다.
내 생일이자, 아빠가 땅에 묻힌 날.

야아이라는 울어서 눈이 퉁퉁 부었다.
그 애는 걱정하고 있었다.
언젠가는 우리 관계도 애통해하며 묻어야 할 무언가가 될까 봐.

가끔 그 애를 보면
내가 느끼는 감정을 진정으로 이해할 수 있는 유일한 사람이자
내 상처의 근원과도 같은 사람이라는 생각이
동시에 스치곤 했다.

그 애의 엄마는 나를 거의 쳐다보지 않았다.
내 계획을 밀고 나가야 한다는 걸 안다.
오늘로 나는 열일곱 살이다.

야아이라는 자러 간다고 내게 말했다.
그 애의 엄마와 이모는 둘이 함께 쓰는 방으로 진작 들어갔다.

그 애의 엄마는 종일 어리둥절한 표정이었다.
아침에 늦잠을 자 버린 수탉 같아 보였다.
그래도 자러 가기 전에 야아이라에게 일러두는 것은 잊지 않았다.

사흘 후 두 사람이 떠날 비행기표를 사 놨다고 했다.

나는 남겨지는 것에 관해 생각했다.
어떻게 내 동생에게 돈이 남겨졌으며
어떻게 아빠의 부인에게 적법한 결혼 증명서가 남겨졌는지.

두 사람은 며칠 후
나를 남겨 두고 떠나려 한다.

더는 여기 없는 아빠를
계속해서 용서해야만 하다니
참으로 피곤한 일이었다.

♦

집 안으로 들어왔어.
카미노가 혼자 있고 싶어 하는 듯해서.

나는 거실의 제단 앞에 섰어.
엄마와 나는 제단을 내내 못 본 척해 왔지.

나는 성자들이나 조상들에 관해서는 잘 몰라.
닭을 제물로 바친다는 이야기나
모두 부두교와 관련된 거라는 이야기 정도만 들어 봤을 뿐.
정말 그런 것인지조차도 잘 모르겠어.

카미노는 말했어.
기도와 제물은 성자들과의 관계를 맺는 데 중요한 매개라고.
우리의 앞길을 치워 주는,
우리를 가로막은 문을 톡 밀어 열어 주는,
우리가 앞으로 나아가게 해 주는 존재들과의 관계를 맺는 데
중요하다고.

카미노랑 이모는 제물로
럼주나 코코넛 조각, 구운 옥수수 같은 것을 놓아두었어.

나는 아빠가 이 제단 앞에 꿇어앉아 기도하는 모습을
상상조차 할 수 없지만,

아빠가 주머니에 늘 넣어 다니던 은화가 떠올라.
똑같은 은화가 이 제단에도 놓여 있거든.

아빠가 늘 성 안토니우스에 관한 무슨 말을 했던 것도 떠올라.
문 옆에 있는 저 동상이 성 안토니우스 아닌가?

아빠가 주머니 속에 넣어 두고 꼭꼭 숨기려 했던 것들은
그럼에도 바늘땀 사이로 삐져나왔었는데
나는 그저 관심이 하나도 없었던 거야.

아빠의 사진이 담긴 액자를 조심스럽게 집어 들었어.
엄마는 우리가 사흘 뒤에 집으로 돌아갈 거라고 했지.

액자 뒤에 돈 봉투가 테이프로 붙어 있었어.
내가 지난주에 보낸 그 돈인지 궁금했어.

이것이 카미노가
살아남기 위해 생각한 방법일까?

♦

우리 방 창문에
먹구름을 뚫고 달빛이 살짝 내비쳤다.
그 빛에 야아이라의 까만 얼굴이 은은하게 빛났다.

참으로 예쁜 그 아이를 잠시 내려다봤다.
내 쌍둥이나 다름없는 생김새였다.

나는 이모가 시장에서 사 온 생선이 된 기분이었다.
내장을 다 긁어낸, 척추를 발라낸.

야아이라가 가늘게 코를 고는 게 확실해지자
나는 그 아이의 짐가방을 뒤적거렸다.
내가 원하는 것을 찾기도 전에

가방 밑바닥에서 결혼 증명서가 나왔다.
우리 엄마의 이름이 적힌 증명서였다.
야아이라와 내가 태어난 이후의 날짜로 되어 있었다.

이 아이의 가족이 늘 우선이었다. 진짜 가족.
난 그저 끼어든 사람에 불과했고.

바닥에 주저앉고 싶었다.
그 종이를 구겨 버리고 싶었다.

구기는 대신,
갈기갈기 찢어 버렸다.

아빠가 절대로 말하지 않았던 온갖 어리석은 일을
아빠가 간직했던 그 모든 미스터리와 비밀을
그 모든 서류, 서류, 서류를.

이 들쭉날쭉한 종잇조각들을 접어 작은 돛단배를 만들면
그걸 타고 대서양을 건널 수 있지 않을까.
이 모든 단어들을 엮어 밧줄을 만들면
거기 매달려 미국까지 갈 수 있지 않을까.

내게는 학비도 전기 요금도
애석하게도 엘 세로에게 줄 돈도 없다.
내가 아빠에게서 마지막으로 받을 수도 있었던 것이
이렇게 사라져 버렸다.

나는 일어섰다.
애초에 내가 원하던 것을 꽉 움켜쥐고서.

♦

잠이 깼어.
방에는 나 혼자였지.

어두운 밤, 달라질 건 없었지만
어쩐지 느낌이 좋지 않았어.

밖에선
빗방울이 젖은 땅에 부딪치며
후두둑 소리를 냈어.

그 소리에 젖어 다시 잠들고도 싶었지만
나는 몸을 일으켰어.
뭔가 불길한 느낌을 떨쳐 버릴 수가 없었거든.

찢어진 종잇조각이 바닥에 널브러져 있었어.

카미노에게 필요할지 모른다고 생각해서
내가 챙겨 온 결혼 증명서였어.
내 가방 밑바닥에 있었는데.

내가 언니를 정말 모른다는 걸
새삼 깨달았어.

상대가 드레라면 나는
화 풀어 주는 법을 알 텐데.

상대가 체스 경기에서 진 후배라면
뭐라고 조언해 줘야 할지 알 텐데.

하지만 상대는 카미노였어.

만약 내가 카미노였다면……
그래, 카미노가 원했던 건
이게 아니야.

♦

조용히 집을 나왔다.
눈물을 꾹 참으며.

애초부터
이 일의 결말이 어떻게 되어야 할지는
너무도 분명했다.

급히 갈겨 쓴 메모를
제단 위에 올려 두었다.

내가 사라진 걸 알게 되면
이모가 제일 먼저 향할 곳이
제단일 것이기 때문이었다.

한밤중이었다.
6킬로미터가 넘는 길을 걷기 시작하기엔
너무 이른 시간이었다.

비라 라타가 내 발치에서 끙끙댔다.
귀 뒤를 부드럽게 긁어 주었다.

떠나기 전
마지막으로 들러야 할 곳이 있었다.

♦

나는 여행자의 차림새가 아니었다.
아침이 되어 공항에 도착하면 사람들의 이목을 끌 것이다.
트렁크도 배낭도 보호자도 없으니.

내겐 핸드백과 돈,
그리고 야아이라가 자기도 모르게 내게 준 선물뿐이었다.

누군가에게 돈을 줘서 비행기표를 사다 달라고 부탁해야 할 것이다.
누군가에게 돈을 줘서 보호자인 척해 달라고 해야 할 것이다.
나는 그 사람을 이모나 삼촌이라고 부를 작정이다.
부모님은 돌아가셨다고 말할 것이다.

공항 직원이 자세히 캐물을 가능성도 있었다.
거기까지는 생각하지 않으려 했다.

나는 해변에 가는 차림새도 확실히 아니었다.
운동화를 신고 긴 청바지를 입었으니.
머리는 동생과 비슷하게 보이려고 단단히 묶어 올렸다.

하지만 나는 이곳에 와야만 했다.
물의 가장자리,
나를 언제나 꼭 안아 주었던 이 모래밭으로.

엄마와 나는 종종 여기 서 있었다.
먼바다를 가리키며 엄마는
아빠에게 손을 흔들라고 말하곤 했다.

천을 펼쳐 놓고
부드러운 빵과 딱딱한 치즈를 함께 먹은 곳도
이곳이었다.

끝없이 펼쳐진 이 모래밭에서
엄마는 내 손을 잡고
바로 옆 리조트에서 들려오는 음악에 맞춰
춤추곤 했다.

미처 깨닫기도 전에 나는 울고 있었다.
태양이 떠오르면 다시 정신을 똑바로 차려야 하겠지만
은은하게 빛나는 이 밤에

나는 엄마에게 작별 인사를 했다.
엄마의 나라에 작별 인사를 했다.

비가 토닥이듯 내리기 시작했다.

♦

수풀 뒤에서 바스락거리는 소리가 들렸다.
목 뒤의 털이 곤두선다. *안 돼, 안 돼, 안 돼.*

내가 여기 있는 걸 어떻게 알았을까?
내가 여기 있다는 걸 어떻게 항상 알고 있는 걸까?
지켜보고 있던 게 틀림없었다.
이제까지 내내.

"네 동생 말이야, 너랑 아주 많이 닮았더군.
하지만 딱 봐도 미국인 티가 너무 나.
그 아이와 인사 좀 나눌 수 있을까?"

손이 닿지 않을 거리로 한 걸음 물러섰다.
내 발치에서 비라 라타가 낮게 으르렁거리고 있었다.
쏟아지는 빗줄기가 더는 부드럽지 않았다.

비를 맞고 있어서 떨리는 거라고 되뇌었다.
야아이라에게까지 손을 뻗치겠다는 위협 때문이 아니라.
엘 세로가 이곳에 있기 때문이 아니라.

머릿속이 정신없이 돌아가기 시작했다.

엘 세로의 눈에 비칠 내 모습이 그려졌다.
운동화에 청바지 차림으로 떨고 있는 여자아이.

옆구리에 꼭 끼고 있는 핸드백 안에는
내 자유를 향한 유일한 열쇠가 들어 있었다.
몇 가지 화장품, 그리고
야아이라의 여권.

돈의 일부는 메모와 함께 남겨 두고 왔다.
이모와 카를리네를 위한 돈이었다.

엘 세로가 점점 다가오자 나는 핸드백을 꼭 쥐었다.
뭐라고 말하는 그 남자의 목소리가
아주 멀리서 들려오는 것처럼 느껴졌다.

내게 얼마가 있는지 알리고 싶지는 않다.
하지만 어쩌면 이 상황을 잘 넘길 수 있을지도 모른다.

"돈이 있어. 아빠가 당신에게 빚진 돈을 줄게.
반은 지금 주고 나머지 반은 내일 주면 어때?"

나는 그 남자를 성나게 하고 싶지 않았다.
그 남자에게서 멀어지려 한 걸음 더 물러섰다.

엘 세로는 아랫입술을 엄지로 문지르며 말했다.
"글쎄다. 너를 어떻게 할지 다 계획이 있었는데.
하지만 2천 달러 정도면 충분할지도 모르지."

내가 핸드백 끈을 만지작거리자 엘 세로가 눈썹을 치켜올렸다.
“카미노, 설마 그 정도 현금을 들고 다니는 건 아니겠지?”

핸드백 안에서 덜덜 떨리는 손으로
이 상황을 벗어날 만큼의 돈을 정확히 헤아리려 애썼다.
심장은 미친 듯이 뛰고 있었다.

이 정도면 충분하겠지 싶은 돈뭉치를 내밀었다.
“자, 여기. 이 정도면 절반은 될 거야.”

나는 줄어든 예산에 맞추어
얼마큼 절약해야 할지를 재빨리 계산해 보면서
수풀 쪽으로 슬금슬금 움직였다.
여차하면 뛸 준비를 했다.

엘 세로는 돈뭉치가 아닌
내 소매를 움켜쥐었다.

엘 세로는 돈뭉치를 뚫어져라 내려다봤다.
마치 자신이 모르는 언어로 된 십자말풀이라도 보는 것 같았다.

“이렇게 많은 현금을 어떻게 갖고 있지?
여기서 누군가를 만났던 거야?
핸드백은 왜 그렇게 꼭 쥐고 있어? 돈이 더 있구나!”

엘 세로가 핸드백을 거세게 잡아당겼다.
단단히 붙잡고 있으려 했지만
나보다 덩치가 크고 힘도 센 그 남자는
손쉽게 내게서 핸드백을 낚아챘다.

핸드백 안을 마구 뒤적거리던 역겨운 손아귀에
나의 온 미래가 걸려 있는,
금박 무늬가 찍힌 여권과 흰 봉투가 딸려 나왔다.

"뭐지? 이건 서둘러 달아나려는 모양샌데?
빚도 안 갚고서 말이야. 쯧쯧."

나는 여권과 돈을 되찾으려고 했으나
엘 세로는 그것들을 머리 위로 높이 들어 올렸다.
이 모든 게 게임인 것처럼,
중학생들의 가벼운 장난이기라도 한 것처럼.

비라 라타가 길게 한바탕 짖고는
수풀 쪽으로 달려갔다.

"카미노, 카미노. 뭔가 궁리를 좀 한 모양인데.
이렇게 그냥 도망가려 하다니. 작별 인사도 없이 말이야."

잔뜩 몰려든 먹구름은 달을 완전히 가려 버렸다.
멀리서 천둥소리가 들려왔다.
분한 마음으로 얼굴을 훔쳤다.

밀물이 빠르게 차오를 것이다.
하지만 내 분노가 차오르는 속도만큼 빠르지는 않을 것이다.

“넌 지긋지긋할 정도로 빌어먹을 불쾌한 놈이야.
추잡하기 짝이 없어. 떠돌이 동물을 무는 벼룩도
너 같은 놈은 물 가치가 없다고 할 거야.
대체 어쩌다가 이런 쓰레기가 된 걸까?
네 동생 에밀리도 틀림없이 무덤 속에서 등을 돌리고 있을걸.”

순식간에 튀어나온 말이었다.
내가 한 말 같지 않았다.
번개가 번쩍 치는 순간 엘 세로의 얼굴이 보였다.

흉하게 일그러진 얼굴이었다.

엘 세로가 와락 내 멱살을 잡아 올렸다.
침을 마구 튀기며 내 얼굴에 대고 소리쳤다.
“다시는, 다시는 그 애 얘기를 꺼내지 마. 이 건방진 년아.”

엘 세로가 나를 뒤로 확 밀치는 바람에 발목이 꺾였다.

엘 세로는
돈과 내 여권, 그러니까 야아이라의 여권을
뒷주머니에 쑤셔 넣었다.

♦

우르릉거리는 천둥소리를 들으며
나는 조각난 결혼 증명서를 그러모았어.
집 안이 고요한 걸 보면 카미노는 집에 없는 듯했어.

카미노를 찾아 나서야 하는 건가?
카미노가 이대로 떠나게 내버려 둬야 하는 건가?
잘 모르겠어.

마땅히 축하받았어야 할 생일에
어딘가 홀로 있을 카미노를 떠올린 순간
나는 일어나 거실의 제단으로 향했어.

아빠, 내 말이 들린다면
우리 둘 다 좀 도와줘요. 한 번만요.

이모 이름이 적힌 봉투가
제단 위에 놓여 있었어.
전에도 그 봉투가 거기 있었는지 기억이 나질 않았어.

그때
밖에서 개가 미친 듯이 짖는 소리가 들려왔어.
마치 누군가 쫓아오기라도 하는 것처럼 짖어 대고 있었어.

커튼 사이로 내다보니
바로 이 집에 머물던 그 개가 틀림없었어.

언니한텐 지금 내가 필요하다는 느낌을 지울 수가 없었어.
태어나서 처음으로 느끼는, 다급하고 절박한 마음.

언니를 찾을 수 있을까 생각하며 휴대전화를 집으려다
스탠드 조명을 넘어뜨려 쾅 소리가 났어.

엄마와 이모가 자던 방에서 부스럭거리는 소리가 나더니
두 분이 쏜살같이 튀어나왔어.

이모의 갈색 얼굴이 완전히 창백했어.
손으로 자기 목을 움켜쥔 채 내게 물었어.
“근데 우리 카미노는? 카미노는 어디 있니?”

♦

땅이
돈다.
빙그르르

팔로댄스*를 추다 무아지경에 이른 것처럼

눈앞을 가로지르는
진흙
눈앞을 가로지르는
나무

따갑게
스치는
피부에
달라붙는 걸
떼어 내고 싶다.
내게서

남자가 웃는다.
내가 웃는 건가?

그 남자가
흙바닥에 무릎을 대고 앉는다.

속이
울렁거린다.

* 주로 장례식에서 추던, 도미니카의 옛 춤.

기어가는 나를
붙잡고 늘어지는 손
비에 젖은 탓에
미끄덩거리는 다리

밀어 내고
발로 차고
눈을 할퀸다.

크게 크게 크게
외친다.
도와 달라고.

♦

덜덜 떨고 있는 이모를
의자로 데려가 앉혔어.
엄마가 이모에게 물을 따라 줬어.

나는 카미노가 갈 만한 곳을
좁혀 나가야 한다는 걸 알았어.
범죄 수사물을 많이 봤거든.

"제가 카미노에게 돈을 보냈어요. 며칠 전에요."

엄마는 놀란 숨소리를 냈지만
별다른 말을 하지는 않았어.

"카미노가 수도로 향했을까요?"
"거기엔 가족이 없어."
이모가 고개를 저으며 말했어.

카미노를 배신하는 듯한 기분이었지만
나는 입을 열 수밖에 없었지.
"제 여권이 없어졌어요."

이 말에 엄마가 벌떡 일어섰어.
"솔라나, 당장 공항으로 가야 해요."

이모는 다시 고개를 저었어.

“새벽 네 시까지는 공항이 닫혀 있어요.
아무리 성급해도 이런 밤중에
거기까지 걸어서 가려고 하지는 않겠죠.
해가 뜰 때까지 기다릴 거예요.
어쩌면 카를리네 집에 갔을지도 몰라요.”

이번에는 내가 고개를 저을 차례였지.
“카미노는 그 친구를 사랑해요.
가장 아끼는 인형을 다루듯 조심조심 대한다고요.
그 친구를 깨우려 하지 않을 거예요.
그 친구가 엮이길 바라지 않을 거예요.”

우리 셋은 서로를 물끄러미 바라보고 있었어.
그러다 현관 바로 앞에서 들려오는 낑낑 소리를 들었지.

그 개가 울타리 아래로
틈을 찾아 들어온 모양이야.

이모와 나는 동시에 눈을 마주쳤어.
카미노가 갈 만한 곳은 한 군데뿐이었어.

♦

엄마는 최대한 빠른 속도로 차를 몰았어.

나는 엄마가 차를 세우기도 전에 문을 열고 뛰어내려
해변의 수풀 쪽으로 달려갔지.

고통에 찬 비명이 들려왔어.
탁 트인 해변에 다다랐을 때 내 눈에 들어온 것은
땅바닥에서 버둥거리고 있는 카미노였어.

어떤 남자가 카미노 위에 올라가 있었어.
카미노는 마구잡이로 발길질을 하고 있었어.
남자는 카미노를 꼼짝 못 하게 붙잡으려 했어.

하늘에 구멍이 뚫린 듯했어.
비는 카미노의 얼굴에 들이치고 있었지.

둘 다 아직 나를 보지 못했어.

내가 카미노보다 몸집이 더 크다는 것에 대해
처음으로 감사했지.
나는 그 남자의 뒤쪽으로 달려가 세게 밀쳤어.

남자가 모래 위로 나동그라졌어.
남자가 몸을 일으키며 어깨를 돌리는 폼이
나를 당장 한 대 치고 싶은 게 분명했어.

나는 잔뜩 웅크린 채 떨고 있는 카미노를 감쌌고
카미노는 어설프게나마 내 허리를 붙들었어.

카미노의 블라우스는 뜯긴 채 젖혀져 있었어.
우리 옆에서 미친 듯이 짖고 있는 개처럼
나도 그 남자를 향해 이를 드러내 보였지.

"넌 이 아이와 자매가 된 지, 보자, 고작 이틀인가?
네 일에나 신경 쓰는 게 좋을걸."

나는 아빠가 가르쳐 준 대로
엄지를 바깥으로 내고 주먹을 말아쥐었어.
"지금부터는 카미노를 내버려 두는 게 좋을걸."

남자의 얼굴이 분노로 일그러졌어.
남자가 나를 향해
달려드는 순간

헤드라이트의 불빛이 어둠을 밀어 냈어.

♦

나무 사이로 엄마 얼굴이 보였어.
솔라나 이모가 해변으로 뛰어내렸어.

이모의 손에 들린 커다란 마체테가 번쩍이고 있었지.
이모는 그걸 어떻게 다루는지를 정확히 아는 게 분명했어.

남자가 한 발짝 뒤로 물러나며
유들유들한 표정을 지어 보였어.
뭐라도 둘러대며 빠져나가려는 게 분명했어.

비가 퍼붓고
멀리선 천둥이 치는데도

내 귀엔 이모의 기도 소리가 들렸어.
그 들릴 듯 말 듯 한 목소리가
모든 소음을 잠재우고 있었어.

이모는 계속해서 기도를 낮게 읊조리며
내 곁으로 다가와 섰어.

나는 몸을 구부려 카미노를 일으켰어.
카미노의 허리에 팔을 둘러 내 쪽으로 바짝 당겼지.

카미노는 그 아이답지 않게 아무 말이 없었어.
나는 귀에 대고 속삭이고 싶었어.

알아, 다 알아. 이 공포를 나도 알아.
넌 괜찮아. 내가 여기 있어. 나만 믿어.

그 감정이 너무도 생생하게 다가와 그만 목이 메어 버린 나는
소리 내어 그 말을 하지는 못했어.

헤드라이트 불빛이 꺼지고
엄마가 차에서 내렸어.

엄마는 무기를 가지고 다니는 사람이 아냐.
휴대전화와 헤어롤뿐이지.

하지만 우리 엄마는
이빨로 무장한 사람이라고 봐도 되었어.
어깨를 젖히고 당당히 선 그 모습은 영락없는 장군의 딸이었으니까.

엄마가 남자의 얼굴을 똑바로 바라보았어.
"이 아이는 이제 너한테 없는 사람인 거야.
여기 살지도 않고, 만날 일도 없는 거야."

이모의 기도 소리가 점점 커졌어.
이모는 마체테를 손바닥에 대고 탁탁 내리쳤어.
내 뒤에서 카미노가 훌쩍였어.

먼바다로부터 바람이 세게 휘몰아치기 시작했어.
남자의 셔츠 칼라가 젖혀질 만큼.

이모는 이제 아주 큰 소리로 기도를 외치고 있었어.
모르는 단어들이지만 그 의미를 나는 느낄 수 있었어.

이모가 이 밤의 모든 것을
잠잠하게 만드는 것 같았어. 바람 소리만 빼고서.

바람은 우리와 합류해
남자의 옷을 찢어 버릴 듯 흔들고

우리는 이곳에 함께 있어.

긴 마체테를 휘두르는 이모는 비숍
엄마는 바퀴 달린 나이트
언니의 앞을 막아선 나는, 퀸.

아빠도 분명히 이곳에 있어.
늘 말하던 것처럼 성*을 쌓아 올렸지.

바람과 비
어두운 밤
심지어 빛조차도 우리 편이야.

우리 모두가 카미노를 위해 서 있었어.
서로를 지키고 감싸며
주먹을 꽉 쥐고 결연히 입을 다물고서.

* 체스 말 중에서 '룩'은 성 모양이다.

우린 무슨 수를 써서라도 카미노를 지켜 낼 거야.
서로를 지켜 낼 거야.

남자가 뒷주머니로 손을 뻗었고
카미노가 움찔하는 것이 느껴졌어.

엄마가 재빨리 끼어들었지.
"허튼 생각 않는 게 좋을걸.
나는 만만한 사람이 아니야. 네가 어디로 도망치든
우리 집안이 널 찾아내지 못할 곳은 없어. 꿈도 꾸지 마."

카미노가 마침내 입을 열었어.
"빼앗아 간 거 돌려줘. 모두."

이모가 이빨 사이로 성난 소리를 내자
남자는 모래 위로 꾸러미를 내던졌어.

카미노를 등 뒤에 둔 채
나는 몸을 숙이고 주웠어.

남자가 무엇 때문에 굽혔는지는 알 수 없었어.
엄마의 집안과 자신감 때문이었는지
필요하다면 죽이기라도 할 듯한 이모의 기세 때문이었는지
아니면 어떤 것도 이 두 가지를 감수할 만큼의 가치는 없다는 생각 때문이었는지.

카미노는 내 등에 기대 울었어.
돌아서서 카미노를 안자
내 몸이 떨려 왔지.

남자가 우리에게 등을 보이며 돌아섰어.
그제야 엄마 얼굴에 안도감이 밀려왔어.
부들부들 떨리는 손을 입에 갖다 대고는
내게 얼른 차에 타라고 손짓했어.

이모만이 꼼짝하지 않고 그 자세 그대로 있었지.
남자가 리조트 불빛 너머로 사라질 때까지.

혹시나 이모가 남자를 쫓아가기라도 하면 어쩌나
걱정스러웠다고 했더니 이모가 나를 보며 윙크했지.

"모두가 결국에는
자신이 받아 마땅한 대접을 받기 마련이란다, 얘야."

꿈에서 깬 듯 눈을 반짝이던 우리는
차로 돌아갔지.

♦

나는 붙들었다.
나를 데려가려고 온 사람을.

그 애 뒤로
푸른 빛이 비치고 있었다.

읊조리는 소리가 들렸다.
바람이 말하는 듯도 하고
내 안에서 빙빙 도는 구름이
나를 부르는 듯도 하고

숨을 쉬라고,
보라색 검은색 빨간색 진홍색의
불빛이
내 얼굴을 살포시 어루만졌다.

다들 이곳에 왔다.
나를 데리러

다들 이곳에 왔다.

나는 몸을 더 바짝 붙였다.
누구냐면, 그러니까, 야아이라에게.

그 애 뒤의 푸른 빛이

라리마르* 색 옷을 입은 여자의 형상으로 변해 갔다.
손에는 날카로운 칼을 들었다.

그 여자가
이를 드러내며 활짝 웃자
읊조리는 소리가 멈췄다.

이모가, 그제야 깨달았는데 이모의 목소리가,
성자들을 부르고 있었다.

이모의 목소리가
나를 데리러 왔다.

이 여자들은 모두
나를 집으로 데려가려고
이곳에 왔다.

* 도미니카에서 나는 푸른빛 보석.

♦

집으로 돌아와
카미노의 찢어진 상의를 벗겨 주었어.

청바지도 벗겨 주려 하는 순간
카미노는 더 크게 울기 시작했지.

그래서 나는
카미노의 신발을 벗기고 침대에 앉혔어.

얼른 수건을 가져와
카미노의 발에 묻은 진흙을 닦아 줬어.

카미노는 등을 대고 기대는가 싶더니
곧바로 몸을 웅크리며 바닥에 토하고 말았어.

"충격받은 거야. 어떻게 빠져나갈지 궁리하며
그 빗속에서 얼마나 오래 있었을지."

이모는 그렇게 말하고는 차를 끓여 왔어.
카미노의 옆에 살며시 앉아 조금씩 차를 마시게 했지.
카미노의 머리를 부드럽게 쓰다듬으면서.

이모를 돕고 싶었지만 뭘 해야 할지 몰랐어.
나는 침대 위로 올라가

카미노의 어깨에 턱을 갖다 대고
그 애의 허리를 감싸 안았어.

이제는 안전하다는 걸
그 애가 알 수 있도록.

♦

꿈 사이를 헤매고 있었다.
어떤 꿈에서는
야아이라가 교살자 무화과나무처럼
나를 감싸 안았다.

양분을 흡수하려 숙주의 몸을 촘촘히 감싸는
그 나무가 떠올랐다.

말하고 싶었다, 미안하다고.
말하고 싶었다, 잘 왔다고.

하지만 그 말들을 채 하기도 전에
다른 꿈속이었다.

이모의 얼굴이 눈앞에 있었다.

이모의 얼굴은 눈물범벅이었다.
캐모마일과 꿀의 따스한 향이 맴돌았다.
이모의 손이 내 뺨을 쓰다듬는 것이 느껴졌다.

너는 내 새끼라고
내 새끼, 내 새끼라고
이모는 말했다. 이모 말이 맞았다.

아빠 꿈도 꾸었다.

내 침대 한쪽에 앉아
매트리스를 누르는 무게
내 마음을 누르는 그 무게

아빠가 양손으로 머리를 감싸 쥐었다.
아빠는 나이 든 할아버지처럼 보였다.
아빠는 여기 있어서는 안 되는데.
아빠는 죽었는데.
아빠가 죽었나?

그 꿈을 끝으로 잠에서 깼다.
창문으로는 해가 비쳐 들고 있었다.

야아이라가 등 뒤에서 나를 감싸 안고 있었다.
야아이라의 심장박동이 느껴졌다.

땀이 나는 탓에 몸을 떼고 싶기도 하고
그 안전함 속에 푹 파묻혀 있고도 싶었다.

부엌에서는 이모의 느리고 부드러운 발소리가 들렸다.
부엌에서도 이모는 내가 깬 걸 아는 모양이었다.

나는 눈을 깜빡였다.
구석에 있는 것이
사람인지 아니면 젖은 옷더미인지 분간이 잘 안 가서였다.

눈을 가늘게 뜨고 다시 보자
야아이라의 엄마가 의자에 앉아 졸고 있는 모습이 보였다.

다음 날 아침
제단 앞의 작은 탁자에서
커피를 마시던 엄마에게 말했어.

"엄마, 카미노는 우리랑 같이 가야 해.
아빠가 원했던 일이라서가 아니라,
카미노에게 가장 필요한 일이기 때문에요.
우리에게 가장 필요한 일이기도 하고요."

엄마는 나를 보지 않았어.
커피 잔의 테두리를 문지르면서
한동안 아무 대꾸를 않던 엄마는
커피를 다 마시고는
일어섰지.

엄마는 핸드백을 쥐고
차를 몰고 나가 버렸어.
할 말이 아직 너무나 많이 남았는데.

나쁜 남편도 좋은 부모는 될 수 있지 않느냐고.
아빠는 할 수 있는 선에서 최선을 다했을 거라고.

엄마에게 상처 주고 들켜 버리고 변명조차 없었지만
그래도 아빠는 이제 없다고. 없지 않느냐고.
우리는 모두 남겨진 사람들이라고.

카미노가 기차에 치인 것처럼 비틀거리며
방에서 나왔어.

그동안 카미노의 척추를 꼿꼿이 세워 준 건
자존심이었다는 걸 이제 알겠어.

카미노는 아무에게도 학비 청구서 얘기를 하지 않았어.
카미노는 아무에게도 추근대는 남자 얘기를 하지 않았어.

카미노는 내내, 쓴 알약처럼 말을 삼켜 왔어.
삼킨 말들이 서서히 퍼져 나가는 독인 걸 깨닫지 못하고서.

이제 어떤 일이 벌어질지는 모르겠어.
하지만 나는 카미노를 두고서는
떠날 수도 없고
떠나지도 않을 거야.

♦

야아이라의 엄마는
정오가 지나 집으로 돌아왔다.

무슨 이유에선지
나는 잔소리를 들을 거라 예상하고 있었다.
내가 얼마나 무책임하게 행동했는지에 대해.

내가 자신의 딸에게서 훔친 것들에 대해.
내가 그 애에게 돈을 돌려줘야 한다는 것과
나는 그 애의 언니 될 자격이 없다는 것에 대해.

그런 말들 중 어느 하나라도 해 주기를
은근히 기대했다.
그러면 되받아치며 내 안의 온갖 분노를 풀어놓을 수 있을 테니까.

야아이라의 엄마는 아무런 말 없이
내 옆의 흔들의자에 앉았다.

우리는 함께 흔들거리며 앉아
말을 아꼈다.

곁눈질로 옆을 슬쩍 보았다.
아름다운 얼굴이었지만 지친 기색이었다.

내가 쳐다보는 걸 느끼기라도 한 듯
아줌마가 입을 열었다.

"너한텐 엄마가 필요했어.
내가 너한테 그게 되어 줄 수는 없었지.
너도 알겠지만,
네 엄마와 나는 친구 사이였어.
한때는 정말 친한, 좋은 친구 사이였지.
내가 너를 보면
그 피부에서 내 친구의 배신을 떠올릴 테고
그 눈에서 네 아빠가 저버린 신뢰를 보게 될 거라 생각했어.
그렇게 나 자신을 보호했단다.
나는 네 아빠 일이라면 너무나 약해 빠진 사람이었어.
너를 봄으로써 나를 망치고 싶지는 않았다."

야아이라의 엄마가
핸드백에서 서류를 꺼내
내게 내밀었다.

나는 재빨리 종이를 훑어보았다.
사흘 뒤로 잡힌 긴급 비자 신청 예약이었다.
고개를 들어 아줌마를 봤다.
내 눈에 의문이 떠오른 게 틀림없었다.

"우리랑 같이, 넌 우리랑 같이 갈 거야.
여기 있으면 안 돼. 그 남자는 다시 올 거야.
그런 놈들이 으레 그렇듯, 더 잔뜩 독이 올라서 말이지.
여긴 안전하지 않아. 너희 이모도 동의했다.

네 아빠가 원한 것이기도 하고.
비자 인터뷰는 원래대로라면 8월 말로 잡힐 텐데
내 사촌한테 압력 좀 넣으라고 말하러 갔다 온 거야."

내가 원했던 것이었다.
그토록 오랫동안
내가 원했던 것이었다.

이루어진 꿈의 맛은
씁쓸하면서도 달콤했다.

♦

고향 집을 떠나고 싶어 하는 사람이 있을까?

뒷마당에 갓 익은 과일이 떨어지는 곳으로
콧물을 슥 닦는 이웃이 있는 곳으로
다시는 돌아오지 못한다는 것을 믿고 싶은 사람이 있을까?

발치를 쫓아다니며 킁킁대는 개를
내 몸의 굴곡이 남은 침대를
그저 잠시 떠나는 것인 양 언젠가 되돌아오리라고
다독일 수 있을까?

친절한 스쿨버스 운전기사에게
손 흔들며 인사할 날이 다시 오리라고 믿을 수 있을까?
카를리네의 아기가 커서 나를 알아보지 못하기 전에
한 번 더 안아 보리라고?

뉴욕에는 야자수가 없고
내게 그늘을 드리우며 엄마의 손길처럼
뺨을 어루만져 줄 잎사귀도 없다.

그곳엔 아무도 없다.
산 사람이든 죽은 사람이든.

나를 어릴 때부터 안아 들고
같이 식탁에 앉아 밥을 먹여 준 사람이,
내가 넘어져 무릎이 까지면 무릎을 닦아 준 사람이
그곳엔 없다.

이곳은
비록 불편하고 어수선한 곳이지만 내 고향이다.
이제야 나는 이곳에 있고 싶다.
사랑하는 곳을 떠나고 싶어 하는 사람이 있을까?

♦

야아이라와 그 엄마가 볼일을 보러 간 사이
나는 이모를 따라 이웃들의 집을 한 바퀴 돌았다.

요 며칠 엘 세로는 보이지 않았으나
이모와 나는 계속 주위를 살피며 걸었다.

마지막으로 들른 집은
암에 걸린 아주머니의 집이었다.

나는 비라 라타를 토닥이며 밖에서 기다리라고 했다.
문 너머에서 마주하게 될 광경이 불안했다.

이모는 문을 두드리는가 싶더니 이내 열쇠를 하나 꺼냈다.
"근처 이웃이 자물쇠를 달아 줬단다.
몇몇 사람이 열쇠를 복사해서 드나들고 있지.
그게 아주머니한테 더 안전해."

안에 들어가니
침대 시트를 최근에 바꾼 것이 눈에 들어왔다.
창 근처의 꽃병엔 야생화가 꽂혀 있었다.

나는 아주머니의 이마에 손을 얹었다.
아주머니가 내 쪽으로 고개를 돌렸다.

아주머니의 배를 만져 보니
거기 있던 덩어리의 크기가 줄어든 것 같았다.

나도 모르게 고개를 저었다.
이 모든 게 말이 안 되었다.

이모가 내 손을 꼭 쥐었다.

♦

카를리네가 그날 밤 찾아왔다.
포장한 작은 상자를 건네며
늦었지만 생일을 축하한다고 했다.

나는 카를리네를 꼭 안고는
야아이라의 엄마를 소개시켜 줬다.
카를리네는 아줌마를 보고 놀란 듯했지만
겉으로 드러내지는 않았다.

루치아노는 전보다 호흡이 좋아졌다고 했다.
처음으로 울기도 했단다.
루치아노의 폐는 더 깨끗해지고 더 강해졌다.
나는 믿는다. 루치아노는 살아남으리라.

우리는 기적이라는 말을 입에 올리지 않았지만
나는 그것이 불꽃 같다는 것을 안다.
이모는 기적을 지폈고 카를리네는 그것을 피워 올렸다.

나는 카를리네의 손을 꼭 붙잡았다.
순간 떠오른 생각이 있었다.
내가 떠나면 이모는 도와줄 사람이 필요할 것이다.
가르칠 새 제자도 필요하다.

카를리네는 이모 밑에서 일을 배우기에 아주 적당할 것이고
곁에 있을 넬손도 도움이 되겠지.
이모는 껴안아 줄 아기와 챙길 가족이 있는 걸 무척 좋아할 것이다.

내일 이모한테 얘기를 꺼낼 작정이다.

성자들이 내 귀에 대고 속삭인다. 그래그래, 얘야. 그렇지—

♦

야아이라의 엄마는 나를 데리고
병원에 가서 내 건강 상태 진단서를 뗐다.
민원실에 가서 내 출생증명서를 떼고
야아이라의 엄마가 법적으로 나의 새엄마라는 사실을 보여 주는
증명서 한 부를 뗐다.
우리는 렌터카를 타고 몇 시간을 왔다 갔다 했다.

이리로 저리로 오가는 동안
소일라 아줌마와 나는 말을 거의 하지 않았다.
그래도 내가 노래를 조용히 흥얼거리니
아줌마가 라디오를 켜 줬다.

병원 대기실에서
더위 탓에 얼굴이 달아오른 아줌마에게
잡지를 들고 부채질을 해 줬다.

어색하기 짝이 없었다.
우리가 느끼고 있는 틈은.

하지만 우리는 그럭저럭 해내고 있었다.
야아이라는 중간에서 우리 둘의 침묵을 최대한 중재했다.
야아이라가 그럴 수 없을 때에는,

우리 사이의 아픔이 차츰 잦아들도록
그저 두었다.

♦

푸에르토플라타에 있는 영사관에 가기 위해
옷을 챙겨 입어야 했다.
졸업식 때 입었던 원피스를 꺼냈다.

아빠 장례식의 신부님을 만날 때 입은 옷이었는데
이제는 비자 인터뷰할 때 입는 옷이 되었다.

시작과 끝의 순간에 입은 옷이었다.
행운과 불운이 담긴 옷이었다.

일상에도 언제나 행운과 불운이 모두 도사리고 있지 않은가.
이 검정 원피스가 오늘은 내게 뭘 가져올지
곧 알게 되리라.

소일라 아줌마는
인터뷰를 하는 나와 함께 앉아 있었다.
질문을 하는 영사관 직원은 아줌마의 사촌이었다.
진학 계획에 관해 물었을 때 나는
컬럼비아대 의과대학에 들어가 공부하고 싶다고 말했다.

직원은 우리에게 며칠 걸릴 거라 말하며
나와 친밀하게 악수를 했고
소일라 아줌마에게는 살짝 윙크해 보였다.

♦

엄마와 카미노는 비자 준비 때문에
매일 함께 집을 나갔어.

둘이서 시간을 보내게 내버려 뒀어.
나는 둘 중 누구에게도
곤란할 때마다 찾는, 비빌 언덕이 되고 싶지는 않으니까.

이모의 정원에서 시간을 보내고 있자니
드레와 드레가 키우던 토마토 모종이 생각났어.

카를리네는 두 번이나 다녀갔어.
한 번은 아기를 가슴에 띠로 동여맨 채였지.

작은 남자 아기였어.
내가 뺨을 쓰다듬으니
아기가 눈을 뜨곤 나를 빤히 쳐다보았어.

그걸 보고 카를리네가 깜짝 놀랐어.
아기는 태어난 지 5주 되었는데,
그동안 내내 아기가 죽을까 봐 무서웠대.

하지만 나를 빤히 바라보는 모양새를 보니
이 아기는 쉽사리 저세상으로 가지는 않을 것 같았어.

어느 아침엔가
엄마와 카미노가 차를 타고 나간 뒤
나는 해변으로 갔어.

주위를 흘끔거리며
아무도 따라오지 않는 것을 확인했어.
그래도 누군가 쳐다보고 있는 것 같은 느낌이었지만.

나는 물가에 서서
이곳에 있었을 아빠를 그려 봤어.

나무와 바위와 물로 이루어진 드넓은 세계
이곳이 아빠의 왕국이었겠지.

슬리퍼에 작은 티셔츠를 입고서
다이빙을 하려고 뛰어다녔을 어린 소년을,
나무를 오르며 더 큰 세상을 상상했을 그 아이를
상상할 수 있었어.

얼굴에 햇볕을 쬐며
두 발을 바닷물에 적셨어.
물과 햇볕이
나를 어루만지는 아빠의 손길이라 여겨 보면서.

미안하다고
사랑한다고
고향에 돌아와 다행이라고
안녕히 가시라고

용서한다고
용서한다고
용서한다고

파도가 말했고, 내가 말했어.

♦

영사관에 다녀온 날 밤
야아이라는 내게 보여 주고 싶은 사람이 있다고 했다.
이 좁은 동네에서 내가 모르는 이를 알 리는 없으니까
야아이라가 말하는 이는 미국에 있는 사람일 것이다.

"미국에 가서 네 친구 만날 생각을 하니 기뻐."
나는 예의 바르게 말했다.
엘 세로 일이 있던 그 밤 이후
이 애에게 짜증 내는 것은 더 힘든 일이 되었다.

야아이라는 고개를 저었다.
"가기 전에 먼저 인사했으면 해.
그 애도 널 보고 싶어 해. 내 여자친구 드레야."

야아이라는 똑똑히 말하며
내 눈을 바라보았다.
야아이라가 무슨 생각을 하는지 알 것 같았다.
내가 자신을 동성애자라고 비난하리라 여기는 것이었다.
동성애는 이곳에서 이해받지 못했다.

나도 야아이라의 눈을 똑바로 봤다.
"영상통화하자."

야아이라가 휴대전화를 꺼내
즐겨찾기된 이름 하나를 터치했다.

얼마 안 있어 머리가 짧고 까무잡잡한 여자아이가 화면에 나타났다.
그 아이는 야아이라를 보자 활짝 웃었다.
"안녕, 자기야! 하루에 두 번이나 통화하다니! 내가 운이 좋네."

야아이라가 휴대전화를 조금 돌리자
그 여자아이와 내가 얼굴을 마주 보게 되었다.
나는 흠칫 놀라 얼굴을 뒤로 뺐다.

드레라는 아이 때문이 아니라
야아이라와 내가 이런 식으로 나란히,
거의 닿을 듯 얼굴을 맞댄 것이 처음이기 때문이었다.

나는 목을 가다듬었다. 별안간 불안했다.
이 사람은 내 동생이 사랑하는 사람이다.
이 사람이 날 좋아하지 않으면 어쩌지?

"안녕, 드레." 내 영어가 좀 뭉개졌다.
드레가 화답하며 유창한 스페인어로 내 안부를 물었다.
이 애가 스페인어를 해서 정말 다행이다.

화면 속 드레가 갑자기 방으로 들어가더니
창살로 된 덧문을 밀어 냈다.

야아이라가 내게 작게 속삭였다.
"드레가 비상계단에서 보여 주고 싶은 게 있나 봐.
뭔가 키우는 걸 좋아하거든."

드레는 휴대전화를 든 채 창밖으로 훌쩍 넘어갔다.
자동차 경적 소리와 고함치는 사람들의 왁자지껄한 소리가 들렸다.

화면이 휙 돌아가더니
난간에 매달린 화분 하나가 나타났다.
작고 푸릇푸릇한 새싹이 하늘을 향해 솟아 있었다.

드레의 얼굴이 다시 화면에 나타났다.
"너희 이모가 치료사라고 야야가 말해 줬어. 너도 가끔 돕는다며.
네가 여기서 작은 허브 정원을 가꾸면
고향에 있는 듯한 느낌이 좀 들지 않을까 하는 생각을 했어."

눈이 따끔해지며 눈물이 고였다.
드레에게 고개를 끄덕였다.
그러고는 야아이라에게 기대어 짐짓 속삭이는 척 영어로 말했다.

"저런 사람은 어디서 찾았니?
드레 같은 사람 어디 또 없을까? 내가 결혼하게."

59일 후

도미니카를 떠나기 전날 밤
다 함께 식탁에 빙 둘러앉았어.
우리 넷은 구운 카사바*에 버터를 발라 먹었어.

비라 라타는 문밖이 아닌 이모의 발치에 앉아 있었어.
해변에서의 그날 밤 이후 쭉 그래 왔지.

집으로 돌아가면
다시 그룹상담에 나가는 게 좋겠다고
엄마가 말했어.

난 알아. 엄마도 무서워진 거야.
우리 어깨를 짓누르고 있는 그 거대한 상실감의 무게가.

생전 안 그러던 내가 엄마 몰래 제멋대로 굴 정도니까.
예전에 자신이 어떤 여자였는지 엄마가 잊을 정도니까.
카미노가 한 치 앞도 보이지 않는 위험 속으로
자신을 밀어 넣을 정도니까.

말을 거의 하지 않았지만 이모는
카미노의 입가에 묻은 부스러기를 닦아 주었어.

그리고 카사바 한 조각에 버터를 발라
나에게 건넸어.
마치 여태 나를 손수 먹여 키워 온 것처럼.

* 고구마와 유사한 작물.

공항에서
이모는 울지 않았다.
나는 울음을 그칠 수가 없었다.

나는 다시 어린아이가 되었다.
거대한 바다와도 같이
크나큰 상실감이 흐르고 있었다.

하지만 이모는 늘 그래 왔듯
자그마한 몸으로 산처럼 버티고 있었다.

그걸로 충분했다.
이모가 움직이지 않는 바위처럼 버티고 있는 것.

만약 내가 다시 돌아온다면
이모는 여전히 그대로 있으리라는 걸 아는 것.

내가 뒤돌아서기 전
이모는 가슴께의 구슬 목걸이를 만지곤
그 손가락으로 내 심장을 톡톡 두드렸다.

이모의 심장이
내 심장과 똑같이 뛰고 있었다.

시간도, 바다도, 결코 흐트러뜨릴 수 없는 리듬이었다.

이모의 손짓이 무슨 뜻인지 안다.
이모는 나와 함께일 거라고, 성자들도 그럴 거라고
내게 말하고 있었다.

내가 보안검색대로 들어갈 때까지
이모는 터미널에 선 채 나를 지켜보고 있었다.

멀리서 이모의 입 모양을 읽을 수 있었다.
"얘야, 네게 신의 축복이 있길."

나는 걸음을 멈췄다.
내가 어떻게 이모를 두고 떠날 수 있단 말인가?
이모는 너무나 작아 보였다. 게다가 혼자였다.
이모는 내겐 집이었다.
벌써 그리웠다.

이모가 고개를 저었다.
내 생각을 다 아는 것처럼.
가라고, 나에게 손을 내저어 보였다.

앞으로.
언제나 앞으로.

나는 이모를 향해 손 키스를 보냈다.
그리고 조용히, 축복의 말을 건넸다.

내 가슴에 품은 신의 가호를 나누어 그 일부를
이모에게 보낸다고.

이모도 내게 똑같이 했다는 걸
알고 있었다.

♦

비행기가 활주로를 달리기 시작했고
나는 카미노의 손을 잡았어.

카미노는 고개를 뒤로 젖히고
두 눈을 꼭 감은 채
소리 없이 입술을 움직이며 기도를 하고 있었어.

우리 둘의 손가락은 서로 꼭 얽혀 있었어.
기장의 방송이 나올 때까지.

비행경로가 안정적이라고,
즐거운 여행 하시길 바란다고, 기장은 확실히 말했어.
세차게 쾅쾅 뛰던 가슴이 진정되어 갔어.

카미노가 눈을 뜨고
바다를 내려다보았어.

끝도 없이
파랗게
우리 아래 펼쳐진.

나는 카미노에게 말해 주었어.
착륙할 때 승객들이 박수를 칠 수도 있다고.
카미노는 한쪽 눈썹을 올리며 나를 바라봤어.

박수는
감사를 표하는 일.

어떤 결말이든
맞이할 수 있었음에도

하늘이나 바다가 아닌
단단한 땅에
함께
무사히 착륙한 데 감사를.

작가의 말

♦

내 기억으로 처음 도미니카에 간 것은 여덟 살 때 외가 쪽 친척들을 보러 갔을 때였다. 이웃집의 레이나 아주머니가 나를 데리고 비행기를 탔다. 나는 들뜨기도 했지만 불안하기도 했다. 근처에 내게 익숙한 가족이 없어서였다. 엄마는 나를 한껏 차려입혔다. 나는 까슬까슬한 트위드원피스를 입고 테두리에 해바라기가 달린 커다란 모자를 써야 했다. 비행 자체도 무서웠다. 왜 그리도 공중에서 오래 있어야 한담? 깜빡 잠이 들어 버렸는데 누가 날 비행기에서 데려가는 걸 잊어버리면 어쩌지? 비행기가 떨어져 버리면 무슨 일이 생기는 거지?

내가 제일 좋았던 순간은 비행기가 착륙하자 탑승객들이 박수를 쳤을 때였다. 나도 자연스럽게 따라 쳤다. 우리가 무사히 도착하게 해 주신 신께 감사드린다는 의미이기도 했고, 안전하게 비행해 준 기장에게 감사하는 마음이기도, 마침내 고향에 돌아오게 된 것에 대한 안도의 박수이기도 했을 것이다. 박수를 치는 정확한 이유를 나는 당시에 몰랐고 지금도 잘은 모르지만, 도미니카 사람들이 무사히 고국 땅에 착륙한 걸 축하하는 방식에 흠뻑 빠져 버린 것만은 분명하다.

내가 열세 살 때, 2001년 9월 11일* 이후 두 달하고도 하루가 지난 날, AA587기가 뉴욕 퀸스에 추락했다. 도미니카의 산토도밍고 공항으로 향하던 비행기였다. 260명의 탑승 인원 전부와 지상의 5명이 사망했다. 탑승객의 90% 이상이 도미니카계 사람이었고, 대부분이 집으로 돌아가던 길이었다. 뉴욕의 도미니카 사회는 큰 충격을 받았다. 이 사고는 미국 역사상 두 번째로 사상자를 많이 낸 항공사고로 남아 있다.

그 사고는 어린 나에게 엄청나게 많은 혼란을 불러일으켰다. 성당에서 열리던 특별 미사며, 더 자세한 정보를 알아내려 도미니카 신문을 살펴보던 아빠의 당혹스러운 표정이며, 희생자가 살던 아파트 바깥에서 열리던 철야 촛불 기도 같은 것이 떠오른다. 추락의 원인이 테러가 아니라고 결정 나자 이 사고가 빠르게 잊혀 버린 것도 기억난다. 주요 뉴스가 바뀌고 대중의 관심이 다른 데로 옮겨 가는 것은 순식간이었다. 내가 사는 지역사회의 사람 대다수는 여전히 고통스러워하고 있었는데 말이다.

나는 이 작품을 쓰는 몇 년 동안 그날의 비행과 관련된 모든 것들을 되짚어 보았다. 기억하고 싶었으며, 그 순간을 기리는 더 커다란 이야기를 하고 싶었다. 탑승객 개개인의 사연은 다양했다. 은퇴하고 도미니카로 돌아가는 길이던 사람, 가서 새로 가게를 열려던 사람, 아픈 친척을 돌보러 가던 사람, 군대 전역을 축하하러 가던 사람.

그리고 취재를 하면서 나는 죽음 이후에 거침없이 까발려지고

* 9·11 테러 사건이 일어난 날.

만 사람들의 커다란 비밀, 복합적인 가족관계에 관한 사람들의 사연 또한 알게 되었다. 가족이란, 들여다보면 대개 엉망진창이다. 많은 부모가 자식에게 영원한 영웅으로 남는 데 실패하게 된다. 『착륙할 때 박수를』은 가족을 잃고 새로운 가족을 마주하면서 오랫동안 감춰져 온 비밀을, 가족의 맨얼굴을 알아 가는 이야기다. 이 이야기를 통해 자신의 마음 깊숙한 곳을 알아 가는 것이 어떤 의미인지를 찬찬히 그려 볼 수 있었으면 좋겠다. 나아가 언론의 관심을 받을 만큼 중요한 사람이란 누구인지와 뉴스에서 다뤄지지 않는 소중한 이들의 인생에 대해 생각해 보면 좋겠다.

엘리자베스 아체베도

착륙할 때 박수를

초판인쇄 2023년 6월 15일 | 초판발행 2023년 6월 27일
글쓴이 엘리자베스 아체베도 | 옮긴이 홍지연
책임편집 곽수빈 | 편집 엄희정 원선화 | 디자인 장혜미
마케팅 정민호 김도윤 한민아 이민경 안남영 김수현 왕지경 황승현 김혜원 김하연
브랜딩 함유지 함근아 박민재 김희숙 고보미 정승민 배진성 | 저작권 박지영 형소진 최은진 서연주 오서영
제작 강신은 김동욱 임현식 | 제작처 영신사
펴낸곳 (주)문학동네 | 펴낸이 김소영 | 출판등록 1993년 10월 22일 제2003-000045호
주소 10881 경기도 파주시 회동길 210 | 전자우편 kids@munhak.com
홈페이지 www.munhak.com | 카페 cafe.naver.com/mhdn
북클럽 bookclubmunhak.com | 트위터 @kidsmunhak | 인스타그램 @kidsmunhak
대표전화 (031)955-8888 팩스 (031)955-8855
문의전화 (031)955-3576(마케팅) (02)3144-3242(편집)
ISBN 978-89-546-9391-2 03840